U0532036

大仙 诗选

大仙 著

作家出版社

图书在版编目（CIP）数据

大仙诗选 / 大仙著. -- 北京：作家出版社，2023.12
ISBN 978-7-5212-2363-7

Ⅰ.①大… Ⅱ.①大… Ⅲ.①诗集-中国-当代 Ⅳ.①I227

中国国家版本馆 CIP 数据核字（2023）第 113452 号

大仙诗选

作　　者：大　仙
策　　划：方　文
责任编辑：赵　超
装帧设计：吴元瑛
出版发行：作家出版社有限公司
社　　址：北京农展馆南里 10 号　　邮　编：100125
电话传真：86-10-65067186（发行中心及邮购部）
　　　　　86-10-65004079（总编室）
E-mail: zuojia@zuojia.net.cn
http: //www.zuojiachubanshe.com
印　　刷：河北鹏润印刷有限公司
成品尺寸：130×210
字　　数：45 千
印　　张：9.75
版　　次：2023 年 12 月第 1 版
印　　次：2023 年 12 月第 1 次印刷
ISBN 978-7-5212-2363-7
定　　价：58.00 元

作家版图书，版权所有，侵权必究。
作家版图书，印装错误可随时退换。

大仙
（1959—2019）

本名王俊。诗人、作家、球评人。圆明园诗派重要诗人之一。1959年生于北京，祖籍热河宁城。著有诗集《再度辉煌》，小说《先拿自己开涮》《北京的金山上》，随笔集《一刀不能两断》《20不着46》《前半生后半夜》《文人自在杀气》《一剑不忍封喉》，体育评论集《休等英雄迟暮》等。2019年12月24日因病去世，享年60岁。

目录

001...... 工艺品
002...... 打牌
003...... 界河
004...... 四月桃花
006...... 此处不通
008...... 聆听
009...... 无所触动
010...... 下午的圆周
012...... 听蝉
013...... 停杯之日
014...... 向我心中
015...... 一夜之夜
017...... 停止一切
018...... 纸月亮

020...... 湖心亭
021...... 丙寅年十月二十二日对弈遇雪
022...... 空山向晚
024...... 北转南风
026...... 怀念他乡
029...... 在你的时间中我是一滴水
031...... 8
032...... 风之上
034...... 金棕榈音乐
036...... 面对大海的五分钟
038...... 你的名字，我的歌声
039...... 倾听你唇间
040...... 一平方米的大自然
042...... 如歌年华

044...... 下午离你很远

046...... 影向南去

048...... 再度辉煌

051...... 中国流

053...... 雨中

054...... 四季如歌的海岸

056...... 无人不在夏天

058...... 小雨，这才是我的雨季

059...... 信寄八月

060...... 众鸟高飞尽

061...... 酒之祭

063...... 这一天同样重要

064...... 死后才知

067...... 如果毛蚶也服了板蓝根

069...... 年终聚会

070...... 一年之老

075...... 白羊星的一滴雨

076...... 想想夏天

078...... 灵魂飘香的季节

080...... 一口空气

081...... 迎住秋天

082...... 因为我们是酒的太阳

083...... 我的语言，一汪黄金

084...... 秋天的四分之一

085...... 深秋的北方风向西吹

086...... 醉乡路稳

088...... 和平之冬

091...... 请留心一个叫出你名字的人

092...... 让我们在路上

093...... 一个虚妄

094...... 这样失魂的夏天

095...... 烟霞故址

096...... 远天一鹤

097...... 不终之局

098...... 白唇黑女孩

099...... 一只鸟飞进秋天

103...... 有水流过的玻璃

105...... 吟袖飘飘

106...... 泪眼中的灰风景

107...... 平淡秋风

112...... 我扑向华北

113...... 我听到的雨声都是泪滴

114...... 心灵撞碎酒杯

115...... 假如我们在太阳中升起

116...... 美如沧桑

118...... 飘飘丝雨

120...... 秋风之后有谁知我

121...... 回到爱情之前

122...... 既然冬季常有分手

123...... 融入夜色渗进黄土

124...... 深冥之中是你在歌

125...... 很久当我再次俯身

126...... 雨天使

128...... 抵达我咽喉的你的舌

129...... 六十四面东风

130...... 一夜寒风吹来一位美人

131...... 轻轻地回来

132...... 悠悠一片好感觉

133...... 棋枰为地子为天

134...... 当野菊花在夕阳下

135...... 你去年的身姿

136...... 追击我恋人的摩羯星

137...... 任凭阳光

138...... 那短促一生的香槟酒

139...... 于是我抛击迷蒙的下弦月

140...... 信守落日

142...... 黑天鹅十四行

143...... 一个中国诗人在异国酒吧

145...... 生命的荒凉地带

147...... 拉法耶特小屋

148...... 回到自己房间

149...... 枪手

150...... 献给小汤山

152...... 把酒杯端起来

153...... 贝加尔十四行

154...... 废墟三里屯

155...... 烟蒂摁在烟缸里

157...... 芒果十四行

158...... 丁香以北

159...... 沐浴十四行

160...... 成为爱

161...... 切碎十四行

162...... 杀出个灵魂

164...... 十一月的故乡

166...... 手势

167...... 天蝎十四行

168...... 江河在这个夜晚开始日下

169...... 我们往家的方向走

170...... 夜色正牛栏山

172...... 写给一个女人的圣诞

173...... 物质力

175...... 疾走中的女人

176...... "命三"交响曲

177...... 夏天是你苍白的季节

178...... 大酒十四行

179...... 江湖是一片好江湖

180...... 九霄十四行

181...... 后青春期病症

182...... 美丽的怀疑

183...... 签证日

184...... 你在我灵魂中裸奔

185...... 秋日打击

186...... 本楼停电

187...... 老师你好

189...... 醉生

190...... 我只能悲伤地跪在你身旁

192...... 给我一个悲伤的姿势

193...... 乡村杀气

194...... 后三里屯十四行

195...... 病毒十四行

196...... 我的语言为你打开日子

197...... 我已经跨入牛逼的更年期

199...... 第一首诗的狂妄

200...... 华丽的情敌

201...... 末日情斩

202...... 一首诗切碎

203...... 有风

204...... 我的哥们昨天死了

206...... 中轴线上的炸酱面

208...... 一首诗的开始

209...... 我用啤酒喂养我的膀胱

211...... 今夜我写最冷的诗

213...... 浪人情诗

214...... 最寒冷的冬天

216...... 灵魂在高处

217...... 旅马之歌

218...... 在束河古镇读诗

220...... 不断地加入

221...... 不是什么好诗

222...... 致全勇先十四行

223...... 致臧棣十四行

224...... 致丁太升十四行

225...... 致门欣熙十四行

226...... 是的，秋风

227...... 无限的诗歌在有限的空间

228...... 致张弛十四行

229...... 每当我在醉生梦死中醒来

230...... 致黄燎原十四行

231...... 海拔三千

232...... 晚安

234...... 雨和另一种心情

236...... 此时：夜

237...... 地铁开向地铁

239...... 那里，活人们活着

240...... 小到只剩下一首诗

242...... 给灵魂补上一刀

244...... 肉体已被清除体内

245...... 我用清晨警告夜晚

246...... 我一直想念卡尔加里

247...... 我内心的一些花

249...... 带有攻击性的自我亵渎

251...... 我蜷缩在世纪的角落

253...... 我可以给万物一击

255...... 烟雨十四行

256...... 此刻是灵魂向酒精低语的时间

257...... 秋天：进入诗歌

259...... 为什么会是诗歌

261...... 我活的不是生命

263...... 姐姐，今夜我送你格兰杰

264...... 能见度

266...... 有时爱情可以流浪

267...... 生为我父

268...... 用尽了语言，只剩下词
270...... 炎热的父亲
271...... 一丝风没有
272...... 抑郁了多久
273...... 必须写一首让你读懂的诗
274...... 整夜望着空酒瓶发呆
276...... 我生于1114
278...... 锐歌

附录：古体诗词四首

300...... 烛影摇红
301...... 东风第一枝
302...... 瑶台聚八仙
303...... 沁园秋

工艺品

你
把我的身体
整齐地叠起来
放进箱子里
锁上
送到行李寄存处
你就走了

很久以后
人们撬开这个
没人认领的箱子时
发现里面的我已经
成为一件漂亮的
工艺品

1984 年 9 月

打牌

推门而入
屋内有一圆桌
桌上牌已发定

主人离家远去
我们对着镜子打牌

须臾
手中之牌
剥落如灰

      1984 年 10 月

界河

这时间好像什么也没有发生
在你的眼睛里
我始终是一个固定的棋子
停在界河的另一边
你依然用墙一样的目光封锁我
把我砌进厚厚的暮色里
而我被你用脚步随便截断的影子
还在寻找指向你的日晷
可是黄昏的苍茫已经遮住了一切
我认识了你雾一样的脸

1985 年 6 月

四月桃花

春天是一个被倒置的秋天的影子
我坐在正午的阳光下被草地围拢
宛如一个褐色土丘
让又一次打击像鲜花一样落满头顶

四月桃花开遍了我体内的每一个季节
重复着我枝形的生命在每一次攀援时跌落的惊叫
四月桃花缘着我青筋暴跳的血管
旋进那排在平原上舞蹈的杯子
在我心脏的迷宫中聚成一团不知所向的粉尘

我的目光和鸟的目光搭成了那座流水中的房子
四月桃花蓬松地覆盖着那条缩进我喉咙中的道路
在乌蒙蒙的天气和我潮湿的骨节当中
四月桃花与我被荒废的岁月同时盛开

同时将被孤独分断的日子再一次连成火焰
我二十多年来一直眺望的东方
如今被你——四月桃花铸成青铜
并被随之而来的陨石击成碎片
变成我那漫天飞舞的名字

四月桃花凋谢时的声音
是我沉睡中头发脱落的声音
在每一个死亡里四月桃花拼成盆形的叶掌
抓起了被抛落在大地上的天空

      1986 年 4 月

此处不通

此处长满玫瑰
阳光下那些闪亮的芒刺会挡住去路
此处被黄蜂蜇落的蝴蝶
像雪片飘落一地
此处会屏去一切声音
包括你的呼吸和关节里优美的节奏
你会看到一只獐子刨开泥土
把你的气息全部埋进去
此处让你惊惧的是
在岩石的缝隙中倒悬的银环蛇
在它幽绿的目光中
你的眼睛一眨也不敢眨
怕一眨之后永远合上
此处你绝望的是没有火
那些燥热的风会点燃你的手指

你一定饿了
你吃下一具飞鸟的影子
可你连自己的影子都摸不到
你的影子已经滚到山下
此处你和天空一起等待落日
被一缕残阳命中眉心

然后是漫漫长夜
是黑夜之手
从你后心剜出来的一枚浆果
第二天，大队人马追踪而来
你盘坐过的地方已长满鲜草

    1986 年 6 月

聆听

我的天空有乱鸟飞过
黄昏　叶喧如雨
我的草地有梧桐树立
丰花月季　含芳自妍
几只飞虫绕过花坛

我的季节是六月
蓝星闪耀　淡月微圆
我的襟前有暮气滑落
六月
我听到第一声初蝉

我的静寂中有蝶翅扇动
静而聆听　盈盈绿水洗蝉声
我的风语　我的钟吟
我的唇边一枚簌簌青杏

1986 年 6 月

无所触动

整整一个夏天
被宁静地压在玻璃板下

早晨
推开窗子
一只鸟擦着眼皮飞过
我的手平放在窗台上

七月的阳光像一片瓦砾
几只花椒凤蝶穿过上面的缺口
青面美童和千年古槐
他们的影子挨近我身前

而此时
我却蠢若夏天的手套
虽然这个季节里
有结不完的果实
我却像一场早霜
草草收场
一只蚂蚁爬遍我的全身
我也无所触动

1986 年 7 月

下午的圆周

下午从我身边站起
下午长身玉立
下午的影子断作两处
沿着我身体的边缘画起圆周
下午的影子将我拴在树上
我和一只白头翁绕树三匝
下午的影子轻歌曼舞
我的身边响起悦耳的铃铛

下午的影子在不停转动
它的每一面照出我不同的姿势
下午的影子里有旋转的风声
一股旋风袭进我的头颅
下午的影子进入我的大脑
又从我的嘴里钻出来
下午的影子在我胸前绣满了龟纹
用白垩将我涂成剑齿象化石

下午的皮肤上撒满花粉
下午圆润的果实在田野的清风中默默灌浆
下午的植物暗自发情
那些旋转的球状体在凌空交媾

下午的裸体像树胶一样洁白
一轮夕阳是它柔软的圆脐
日影西沉,暮色压住我的脚踝
下午一声不响爬过了天边

1986 年 7 月

听蝉

下午的寂静在林子的空地上漫起来了
这下午的风在我的掌中一动不动
我默默地和石头坐在一起
四周全是我不同姿势的影子

这蝉声就在这时候响起了
这蝉声从半空里轻轻落下
轻轻拂响我的影子
我那攥着风的手也张开了
要把这声音合进手掌

这蝉声在我的手心里
通过全身
和我的呼吸在同一个时间
回到树上
这蝉声浓浓地遮住了我
一遍一遍褪去我身上的颜色
最终透明地映出我来
哦，我已是一个空蝉壳

1986 年夏

停杯之日

受制于无风之夏
不见远山之岚
酒后也无绪
不如弃杯远上丘山

听风不来
沐雨不见
将此身置于空石之上
去年今日
也被栖鸟玩于股掌之间

可向空中画圆
将其山其石磨为念珠
沿汲水道入清水帘
流霞已被溪云拥过巉岩

1986 年夏

向我心中

向我心中是赤莲花的夜雨
松菊之风慢板的低吟
向我心中是凌空而来的
一缕烟痕,是另一颗
屏息听蝉的寂然之心
我饮酒,饮那空明之夜的
水星星,拾起枯寒的笛箫
喷出的点点霜尘
云落长川,一声流泉漾出山林
我的心中豁然开明

向我心中凝神,用清晨
迷雾中黑沉沉的眼睛
向我心中漫飞的鸟影
已投向黄叶如锦的深庭
身外来者,几曾听见
飘飘逝者的振羽之声
我留下,惊起夜泣双莺
惊落汲满雨滴的小松针
我的空冷之手镇住心跳
东方既白,我的心是枚空水晶

1986 年 8 月

一夜之夜

我轻轻打开黑夜的门
门前有棵大柳树
那些枝条像女人凉滑的手臂
搭在我的肩上
此刻我有如一只猫
在夜光中钻进树影

我不知道今夜是哪一夜
不知道铃兰花的空地上
会有月亮修长的身子
我向前方飞出一枚石子
想把白天赶得远远的
我的脚下是一条八月的蜥蜴

渐渐地我感到了风
感到风从我的两翼张开
我的躯体也像风一样膨散
囤积在云中的闪电被擦亮了
那闪电猝然逼近了我
我紧闭的眼睛里灯火通明

在阵雨到来之前，我的四肢

再一次像荆条一样弹起
我黑色的十个指尖上
是十个黑钻石的长夜
在我眉心深处,隐隐的雷声
已经滚成一个球

1986年8月

停止一切

不再碰响那片树林
不再高出路面
我的身体
在扭转一半的时候
停下了
我顺势倾倒
顺势躺在山洼处
我的双手平放胸前
呼吸均匀
一身的灰土慢慢滑落

此刻我空无一言
风景已在风中散去
九月的田野和我九月的心
正暮色一样微蓝
这暮色渐渐散进我的眼睛里
天渐渐黑了
我和那村庄同时隐去

1986 年 9 月

纸月亮

纸月亮,也能把夜空照亮
纸月亮,也能为我指引异乡
醉眼凄凉,我的纸月亮
抹去苍茫驿路的飞尘流霜

请有一册发黄的书页
留给寂然入睡的纸月亮
请在一扇雾气迷蒙的寒窗
印上僵冷的纸月亮

中秋的纸月亮,我也能圆好梦
床前的纸月亮,我也能思故乡
当一只金翅虫认出你的清光
当一盏夜明灯与你对影相望

纸月亮,你不像风流明月拥有天堂
纸月亮,你不能在水中留下影像
你没有生命,只是一摊纸浆
你静卧的身躯不会飘荡

但你的弧光能罩住四方
但你的芽尖能抵住云浪

即使无情的刀剪把你断成几截
纸月亮，也有一副光洁心肠

         1986 年 9 月

湖心亭

从湖畔走过
走进
水中之岛
雾亦从水中泛起

向对岸望去
有一人坐于土岗之上
我们各有一种
无法让对方看清的
姿势

在湖心亭与对岸之间
有一片倒伏的芦苇
一只玄鸟
受惊而飞

对岸那人不见了

1986 年 10 月

丙寅年十月二十二日对弈遇雪

三秋无鸟的空林
庭前乱叶自风中而舞
我披褐坐于斗室
手中一杯酽茶吐气如兰

对面那棋友之脸
隐于长袖之后
他于口中念念有词
这声音被钟磬传于千里之外

窗外林中有三声高喊
普天之雪姗姗来临
落于青铜色的枝条上
一具黑石冷如美人

这个下午有始无终
桌上竟是一副空盘
我们的影子闲置于纹枰之上
空手而成一件摆设

1986 年 10 月

空山向晚

薄暮初合
从冷冷的洼地向西
秋之霜林落满寒鸦
远方村落
炊烟亭亭而上
南去的雁翼剪动了
落日下无声的天空
我转过身
沿流水方向去看一面断壁

由此向东
山石合抱而成我的侧影
我的未经之地是通天石梯
从分段的溪流处
我绕出低谷
一顷开阔地无人来临

我的空空之手合于风中
手中我的翕合之气如歌如诉
一年之中我的日子
终于像今天这样
被白色的霜气

凝成一面乌镜
四周的沉寂
合上我散开的衣襟

冥坐其中
我以落叶为薪
我的火焰之身
将整座空山围起

1986 年深秋

北转南风

半个季节已经离开
只有一只鸟的黄昏
北转南风之后
夏天提前一小时到达

时间在一粒白瓷上反光
烟的影子落进火中
你坐下,松开掌心
在你身后石头变轻

你身后是夏季开始
和我到来
在杜鹃与海棠错开的季节
南风吹开园中的一角

直到一声拉长的唇音
让我听见滴水之声
你开始关闭眼中的风景
暮色,展开最蓝的一层

离去归来
我是露水的语言

你是南风的眼帘
在空气与心灵之间

在尘沙与流水之间
是飞鸟停过的地方
而燕子已不在空中
我已守不住离散的春光

如你所愿
如你欲言又止而又无所不言
握紧藤枝的手与我手指相连
你的手中握着谁的碎片

1987 年 5 月

怀念他乡

一夕南风　一阵突来的鸟声
我进入江南最后一个小镇
月台清冷　雨后的天空微云渐晴
青砖的墙上是刺槐的淡影
简朴的当地女子
一声轻似一声
不是道珍重　而是要用
点滴秋波看透
游子眼中的风情

南方的景物已经荡空
汽笛长鸣　火车高昂的头
已顶住北方薄暮中的苍穹
而我满溢的心中还是一园
梅雨　一群金腰燕合唱的东风

我漫游于春夏的南方
坐进入秋的家园
一同归来的鸟又被信风带走
返回南方雨中的黄金盏
书香淡酒　垂拂的丝藤
窗外落叶林夕阳尽染

竟留不住我的眷恋
于欣然南飞的秋雁
只是我殷殷回望之际
与异乡的青梅之约已不在身边

家园的西府海棠无人摘取
梨花的艳骨四下飘散
曾经远离我的气候　冷雨夹雾
乍暖还寒　无人为我
点亮家中的灯盏
我已在南方　在南方松林的
石桌前　在一队雨花石的行列间

带着北方强劲的心跳
我来了　与日月同行
与一壶黄酒重温旧情
带着干裂的嘴唇沙哑的歌吟
我来了　江南的烟霭雨水充盈
秦淮的舟子　运河的渔灯
你们要让船只
紧随我血管的航程
报我一首鱼米之歌
等我的月下笛奏醒黎明

两岸细雨的衬裙之下
浑圆的双膝摇荡
散发出白兰之光

仿佛洗浴一夜清露的花盏
在接受万道霞光的梳妆
南方的肤色在明净的白日
像一汪鲜奶的纯光
而我的十个指尖
有了一季温馨气候的清香

是白莲的水中　流星湖畔
蝴蝶低飞的浅草滩
月光的白手帕于谁的腰间舒展
我的语言　在灯火稠密的客栈
在城市箭楼的黑暗处
将少女们手中的轻纱连成一片

1987年5月于石头城下

在你的时间中我是一滴水

在你的时间中我是一滴水
你是一滴水中的一滴

今夜岩石的前额抵向哪里
白色的丝绢缠在谁的指尖
爱情,在哪一片海滩登陆
在你十二瓣玫瑰的心上

也在我
手中直透水底的月光
金盏花迟开的一周
一滴泪
所能抵达眸子的中心
同时
一颗冷星在你左鬓闪亮

你的时间是夏季来临的第一秒
我在第一场雨之前

像轮子驰过的一道烟尘
我被风带起
被黑色的鸟翼居中截开

落进

含着四月最后一缕芬芳

半张的嘴唇

以及和你呼吸一样的空气

和你的双手一样

是我

握紧了大自然的掌心

在你双颊的红潮中

和两膝的相连处

一个季节

开始它的第一秒

1987 年 5 月

8

你将果皮剥掉还有果仁
你将果仁吃光还有果核
你砸开果核还有种子
你吞下种子还有嘴巴
你嘴巴沉默还有呼吸
你屏住呼吸还有脉搏
你扼住脉搏心还在跳
你心死了人还在
你人死了灰还在
你骨灰撒向大地
大地又生出种子
种子发芽结果子
子孙万代又去吃果子

1987 年 8 月

风之上

风之上
是雨
雨之上
是飘零之酒
酒之上
是异乡的眼泪
眼泪流遍天涯

在风中
打散流雨
在雨中
满斟佳酿
在天涯之上
一处浪迹
金碧辉煌

我依然
久居白云中
手执阳光
吹拂空气
岁月的一滴白霜
静静贴在掌心

当南风与太阳
把无限光阴
流进我的血液
我盘旋于正午蔚蓝
与大海掀起的浪峰之间
柔声歌唱

一尘不染的流光
在高傲的乳房上
镌刻下英雄的名字
光明敦促我的眼睛
睁开在夏天的
第一丝微风里

1987年8月

金棕榈音乐

我的窗子在夏天的背后
我的空庭落日在一面倒扣的镜子里
八月的青虫歌手
八月的灯芯草指尖上有一群流萤
离我最近的一道溪水
一道环形的菩提走廊
我坐在八月黄昏的竹椅上
手中盘绕夏天最后的阴影
而一株山楂树上没有我的荆棘鸟
一蓬茅草花中也没有我的花椒凤蝶

我的鸟死于昨日
我的蝴蝶焚于一场大火之中
夏季风的最后一个圆润的雨滴
夏令时的最后一个击向山谷的时间
我背负空囊
去看山中一对交尾的褐马鸡
去看橙黄色地衣上一个石灰质卵壳
我手中剃刀落在夏季多毛的腹上
八月会像四月一样有羊齿草的节日

就在那三角形烛台

碗形的洼地
夏季的一侧和葫芦藓的角落
一个香蒲和麝香的十字路口
鳞纹石暴露的一片片斧头岩
请你打开第一道山谷
让夕阳落进翠云草之间
让谷底的风也参加今晚青虫歌手的聚会
那七颗星星属于你
那鳞纹石高地上的月光属于你

若是今晚点起了芒草和卷柏的篝火
照亮了我们的留兰香女郎
切割夜色的山势也划破五角星的港湾
我便在离你五公里的地方落下帐篷
听见八月子夜的一声蝉吟
惊动了整个夏季的梦寐之心
你何以知道有一枚松子落在远山的寒雾中
有两行山羊的梅花蹄印留在了古寺的门前
你会把一只空笛从云中抛来
让我吹奏起这盛夏的金棕榈音乐

1987 年 8 月

面对大海的五分钟

有多少时光穿过那些寄居蟹的螯口
多少时光被阔叶林的叶掌覆盖
当你老得像一根节瘤斑斑的木杖
你枯瘦的影子垂在老井一旁
那轮像黄铜片一样暗淡的落日
它的回光照射你风湿病的脊背
你携带一罐磨砺一生光阴的海水
去大海之上寻找最后一个海浪的地址

我们一起轻负过多少时光
把二十八年纯金的生日烧成万里长烟
我们一起豪饮过圆明园的秋色
每当歌声四起年轻的心披满风霜
我们也曾迎接过少女们的八月之潮
在她们的面颊之上认出了命运的黑痣
有多少只蝙蝠被雷声命名
多少个星座被闪电击穿
而暴风雨会同群山的阴影一同来临
我们在乌云深处镌刻下雷火诗章

在那片光的沉沦和生命的克星之上
独居了多少年的大海你在海水中睁大双眼

告诉我你看见海鸥佩戴着金色徽章
那环海航行的风帆
上面有指挥我们浪迹天涯的虹彩
又一次行坚信礼的时辰到了
在岸边一个七星螺的声音呼唤你
你这在大海的中心用一把金梳
梳理海浪长发的女妖
有多少时光把你铸成礁石的身影

1987 年 8 月

你的名字，我的歌声

我将空手合掌
为使你的名字被岁月镀上金
我祈祷
让南风为你披上新娘的嫁衣
我若飘然一握
手中便是你颤动的乳房
我若在高远的夜空
看见你披星踏月的名字
我便吸风饮露而去
偕你的芳名浪迹天涯

若是你的名字中
有一片金属
一滴水
一股灵气
我便从环绕八月的草地向你走来
把你的名字编成玫瑰花环
若是夏季的鸟群被你的名字指引
飞进我的歌声
我便弃城而去
在大海的中心歌唱落日

1987 年 8 月

倾听你唇间

倾听你唇间幽吐的低语
轻涛的阵阵呢喃
雪鸥将送你到
今晚明月的第一站

八月中最纤柔的少女
蘸着眼角的余晖在沙滩上写下蓝天
吮着咸腥的海风在礁石上
刻下浪花的序言

从你凉凉舌尖我触到一支半圆的歌
从你的腮边我触到一粒亚麻色痣斑
从你轻放在贝壳上的手
我触到海水低沉的回旋
从你回到太阳的身影里
我触到被爱情提升了十米的水平线

1987 年 8 月

一平方米的大自然

通向风华绝代的空灵
抵达翩然独往的幽境
漫天蝉声中火流星沉在白莲的水里
我在长满艾草的石头上饮着昨夜的鲜露
而你纹丝不动在风吹的树影里
一只归来之鸟被你惊走
飞向远山
返回西北方的一株苍柏
在哪里你遇见一片蓝色池沼
深陷了你那刚出浴的身子

你用沾满黑枣刺的手
挽留八月的最后一天
秋天最初的果实在夏季的盛宴上成熟
绿麦也在铃虫的合唱中抽穗开花
但你必须空着一双手
你手中握有贫瘠的风声

是哪一颗星指出你十指之间月光的标记
那条蜡染的夏裙挂在海潮登陆的地方
在大地的低洼处灵魂直线下降
在岁月的细腰上我轻揽你的身子
你不可能不看一眼我四季的风景

在以后的日子里要由我来稳定你

是那橙橘的陨落声传给了林中的蛇信子
一场轻霜扫过雪杉的树梢
万物在童贞未醒的浅草滩上起身
离我远去！一片卷叶在我脚踵处流连
你将走不出我四时的风向
在别样的寂静里溪水靠近石苔
而一根蜡烛带给我们所有微光
黎明正悄悄给东方抹出细长的眉毛

唯独那只太阳的眼睛不肯蒙住
那驼铃塞满黄沙依然摇响
信天翁召回了它云游的影子
你唯一留在乳液飘香的帆布上
我却未老而成一张疥癣的獐皮
未满先盈自一缕清风中溢出
一队死人抬着我的红木棺材
你信手拂去上面的骷髅

再生之地是常青树上被秋风击响的年轮
面前招展的是山鹰的两片翅膀
光明未临盆底而山崖已经照亮
闻讯赶来的是一头患白内障的狮子
你这样安静地折起手中的藤枝
却给了我一个多年未熟的果实

1987年8月

如歌年华

年复一年
你无时不在密密的花蕊里扣弦而歌
你这曾被大雁劫持到南方的歌手
重返杜鹃红的春天
也重返薰衣草白描的乡村
你的歌唱与花的绽放使四季更新
被琴声挽留的知更鸟忘记了黎明
我将用桃枝浸过的溪水一遍一遍淋湿你
让你轻盈如我的呼吸远离尘土

流火时节
我与你赤足涉过水滨
阳光在荷花的帽檐镶满金边
蓝天上有被鸟翅激起的云烟
银白的鲈鱼伏在光滑的卵石上
蛰居的蜗牛像一个神秘的故事
你的蓝色裙被我的目光撩起
藏在袖口的一帧温情被我轻轻抽出
早已泯灭的蜡鸽子也能在梦里飞翔
我们的爱是大自然综合的风景

又见秋风

一列矢车菊从遥远的南国驰来
种满了相思的红土地被落叶覆盖
龙胆草缠绵的触丝伸进犀鸟的怀抱
驿路风霜零落的马蹄下荡起点点烟尘
那些杳如黄鹤却又无所不在的情人
像忧郁的燕子
飞过雨前的暮天
从流泪的笛孔中吹出了最后一支
盛开女萝花的情歌
在竹刀剥开那乳白色的树心上
我用檀香红书写你芳馨的名字

1987年9月

下午离你很远

下午离你很远
远到一株
白皮松后面

人们在
去年的枯枝前
沉默

你的左腕上
是一道
时间的枷痕

在很远的地方
有一只
蝴蝶

下午和一只鸟
一同远去
你留在溪水的断裂处

透过红荆棘

你的手掌

锈在风中

　　　　　　　　　　　1987 年 9 月

影向南去

午后,我的影子向南移去
被一片红罂粟款款簇拥
向南,我的影子分开夏秋两季
落入芭蕉叶掌
落入丁香空空的子房
也落向一枝秋蘑的伞盖

山色微扬,阳光的素指
纹饰我重环纹之影
空山、空潭、空林
我的影子凝成一片霜
寒蝉罄尽,唯一只狼蛛
织肥我蝉翼之身

向南,我的影子迎住流水
迎住水中碧苔
迎住一尾幽圆的卵石
水泽之中,日晕如镜
累积之垢从我影中散去
烟霭之外,钟声荡入山岚之中

而后旱路阔开

而后瑶草之径绵连远村
而后剑藤之屏环住空林
向南,我的影子止于一株苍柏之前
暮风乍起
我的近旁有松子落地

      1987年9月

再度辉煌

为秋天而存在为你心中的四季而聆听
八月之琴在芦苇的手中奏响
众鸟的天空有一轮落日倾向大海
黄昏,在石头的双颊上涂满浆果

八月刚过,我从诞生地走进墓穴
看见一张蛛网上缠着你的影子
狼蛛以它的宝石之躯为圆心
你以深深的乳沟为直径

在你的心乳之间有一层薄霜
在我的双膝之上点燃两支白蜡
在一面镜子里时间布满你的脸
在今晚世界寂静如我

有一只鸟落进你的怀里
一个下午被风吹转了向
我返回屋内
屋外是一队月光菊的仪仗

在另一条路上
蚂蚁在笑燕子的空巢

恶狗们在抢一只灰耳环
你有令云彩发痒的翅膀

我的肺菌贴满一张纸
背对空气由一只蝉替我呼吸
在树上还有夏天的指纹
在指纹中有你的月亮

在那层柠檬雨的天空
在那滴露水的草尖上
你记住绕体的风铃就在这时响起
我的采菊之手剥开夏天的石榴

你又独自构成
在乌鸦的黑影里盘膝而坐
时间之卵生于何处
那片南风的落叶被圆石压住

谁在让成群的鲨鱼冲上海滩
把沙子赶进大海
那棵栗树的寿辰由一群雄獐来庆贺
在尘土飞扬的乡间你用橄榄叶子洗着双手

若是秋天到处被三叶虫歌唱
野鹭们找到了丹顶鹤的家乡
你为何让自己在一个孔眼里扣死
并且不对着海伦的镜子梳妆

唯有你能
使发空的眼睛含满海水
使漫长的海岸线只在一指之间
也让仙女螺告诉我海浪的高度

也让海水流出秋天这只倾斜的杯子
在你的眼眶深处
有一枚古老的海痣
一个黎明重返还魂草的庭院

是谁在你的胸前布置那么多风景
把你的双乳雕成两座石灯
你将再度辉煌成一摊水银的溶度
你将再次被我的语言溢出

1987 年 9 月

中国流

　　一九六五年,二十一岁的中国青年棋士陈祖德东渡日本,以"中国流"布局挑战东瀛弈林高手,引得满堂皆惊。陈祖德缔造的此布局,为围棋带来一场革命,致使日本顶尖高手加藤正夫、赵治勋、林海峰等纷起效仿。

坐于寒月之下
青石之上
一局新棋教风月苍老
双膝之间
是斑竹的瘦影
远山一带寒云为雨

近处
一道断溪为家
绕指柔风
已将心脉化为气象

清啸数声
一束白鸟敛翅归来
三枚黑子叩响深山

蓝衫棋士
口含清露
今夜卧于冷月荒烟

     1987年9月

雨中

雨中是一张石椅反射水的冷光
是我银亮的手心伸进夜空
一声一声的蛙鸣
应和我指关节的脆响

我的手掌压住一夜之雨
压住整个尘埃
雨中是我俯拾的兰香草通过右臂
将一缕芳香递给另一株植物
雨中是我换过一个姿势的呼吸
是我转身之后空无一人的花园

我空身返回不与谁相遇
穿过雨幕直达密林
雨中是被我抚摸的树叶
和树叶碰响的微风
雨中是林子的出口
被一道沟槽撕开
我纵身跃过跌进对面的草地

雨中是六月的最后一夜

1988 年 7 月

四季如歌的海岸

再一次被你的红唇吐出海洋的气息
被你香樟的手指扣死的时间之穴
蓝色时辰中的唯一浴女
手心捧满海水
口哨轻轻地吹
双腿之间有日光螺沉入大海的回声
我闭眼不吻
你那微含海风的嘴唇
在四季如歌的海岸
你的一双手插进蜜一样的沙子里

夏日盛大的阴影落向哪里
记忆中那只返回桅杆的海鸟
身披海藻图案的礁石的景色
以及你以一双直达海洋心灵的手
摇动的两片枣红色桨叶
海涛的钟声
在你被浪花簇拥的脉搏中响起
还有你那不肯被海水束紧的长发

你的眼睛比海水还空
透视着金枪鱼在海底的鱼卵

中年渔夫那张渔网撒向何处
在渔网中海蟹们捞起下世纪的珍珠
就在黄昏的酒盅里我啜饮大海
用两片刺满鳞纹的肩膀拢住沙丘落日
而在你海波摇荡的胸前
唤醒了时光的秘密记忆

若我不在
独自歌唱落日的就是你
大海往返于一只扇贝身边
我注定成为远离海岸的歌手
注定陷入干燥无人的荒漠中
你可以用灵魂的凉风吹拂我
用空气中透明的丝缕抚摸我的后半生
我将栖身在你往事的尘埃里
我将并起
那双被夏季爱情斩落的双腕

1988 年 8 月

无人不在夏天

反身回到菩提之下
蓝衫白屐，花间碧水一掬
无边的蔓草只容一足
林中谁人叩掌而去
一声空语，细雨隔叶而临
我与你们：共对虚烟
同一言谈

这场雨晚来一天，在八月之末
我们洗清颜面，一路回到
鲜花萦绕的处女身边
我们于国都异常寒微，一如南风
也会吹落夏季的败叶
在渔火岸边，我们仍驾一叶轻舟
载满词语，漂泊四方
今夜于留连果的温香之地
我与你们：将以君子执言

未可轻言离别
这场雨自北方落向南方
燕子从池亭回到门廊
时间也会离开故人

淹没我们匆匆的行色
午夜钟声,鸣在遥远的异乡
雨后夜空,我采集雨水与谁同行
我们共居一夏:请温玉竹之情

        1988 年 8 月

小雨,这才是我的雨季

小雨,这才是我的雨季
虽然比南风晚了一日
这才是你手心暗红的八月
天光苍白,你自由地匀粉淡脂

小雨,这才是梅子摇颤的雨后
我浅浅游吟的风情
若是你的粉扑也湿润了
那里面必有一抹泉影

小雨,这才请你来轻抹时光
在柔柔发丝中我穿梭歌唱
若是你的美人痣如雨滴下
我的苦涩中有了一滴红糖

没有惊雷的雨季没有闪电
请分给我湿淋淋的云天

1988 年 8 月

信寄八月

信寄八月,这八月之约
撩开你的眼睫
而你的纤影还噙着香梦
像一只午睡的蝴蝶

信寄八月你眼中的幽光
为我的守望指出方向
迟迟的夏日慢了半拍
请递来手掌,我立刻拍响

信寄八月用尽世上最轻的词
只怕词锋太利,刺痛了你
你也轻点撕,别伤着里面的心
别抹去天涯浪子回眸的凝视

日影向西,我信里的字迹也西斜
你的指尖,请按约期去折叠

1988 年 8 月

众鸟高飞尽

自此
我听见鸟的翅膀拍打我的影子
像风一样划过来
它飞出的林子一片寂静

这是我看见的最后一只鸟
穿过八月山岚
飞向湖心
将它的影子置于水中

整个夏天我凝望天空
孤坐在门前草地
让阳光照亮我的双手
我的手中落满透明的花蕊

我永远不会离开夏季
这最后一只鸟
落进黄昏的五点钟
我的季节已向南飘移

1988 年 8 月

酒之祭

当我将夏天的蝉壳掩埋之后
第一片落叶和我的手掌
重叠在一起
秋风自林中闪出
少女们步入我与树叶的
合唱之中
在此我愿：执一杯酒
与她们鬓边的菊花共饮

当落日和她们的深红披肩
组成同一种风景
有一只鸟
从镜子里飞来
我将是少女们和那个
未成年太阳的酒客
我将屈膝：于镜子中
与那只无名鸟共饮

当她们打开岁月的空琴盒
我听到夏季的雨声
在空气中轻颤
我何时还能与那只镜中之鸟

重归盛夏
重归最后的夏日之花
我自清歌：再执杯酒
与最后一只秋蝉共饮

1988 年 9 月

这一天同样重要

有一只鸽子飞来
我也醒来
隔壁是一间空屋
却有一只钟独摆
午后风停
我穿着蓝色衣衫
两只脚在树根边缘
正是秋天我把落叶
当成消遣
这一天同样重要
我迎面看见自己的脸

1988 年 10 月

死后才知

死后才知是你在十二点的钟声里
把时间像一堆石头掷给我
他打开那个宛如锥塔的器皿
一个精子和一个卵子飞向了太阳

死后才知落进我影子里的那只鸟
被钟声和大气的碎片割得鲜血淋漓
我过去的情人们如今挽起一只只纺锤
在残破的织机上纺着她们的长发

死后才知曾在空中和我对话的东南风
是海洋少女脱下的一件薄纱长裙
一个精神病患者坐在两个季节的交叉点上
他的月白色长衫飘落于黄昏和黎明之间

死后才知在六弦琴上睡去的少女们
她们的处女膜被一个来自荒岛上的时间穿过
在春天刚刚过去一半的时候
一只鸟喊着你夏天的名字

死后才知在蝉壳之外是你和一棵树的空壳
在空壳之间让一根绳子穿过晾满陈年的霉衣

一颗星星迸出轨道落于地面而成一块石头
你和他还有一只獾争相坐于石头里面

死后才知陶渊明原本是一只蝉
夏天是他褪去很久的空壳
当太阳升起的时候你的衣服飘然落下
距离时间五公里的地方有一枚遗落的戒指

死后才知从你的右臂到达左臂需要上千年
而我的语言绸带系于两棵凤凰树之间
风在沙土下腐烂水在河道中迷失方向
一只烂草鞋在路旁被一头麋鹿穿上

死后才知自从他破门而入的那天起
这所庭院便空无一人只有一层落满鸟屎的灶土
在半空中你的手终于关住了一只蝴蝶
另一只落于你的身后变成一道屏风

死后才知和我并蒂生长的是一株枫树盆景
一年四季它的枝叶红如胭脂我的锁骨青如生铁
在太阳透明的一刹那产妇看清了天的另一面
一群火狐狸围着一个白婴儿编着夏天的草席

死后才知我的下颔终于和土地连成一片
而双手在一网虚罩之中化为青烟
这一黑夜浩浩而来空空而去
到明晨披蓑于风雨中的是一只古猿

死后才知有一个汛期是你在防波堤上
把我的肉体凿出一个洞口
在水淹天国之日你的浮尸捞起我的沉尸
我们两具尸体中间是他沉下一只锚

      1988年11月

如果毛蚶也服了板蓝根

那么大清早就跑出门
一场肝炎封锁一个冬天
在早市上看到的那些脸
那些竹篮里瑟缩抖动的青菜
磨刀人低八度的吆喝声
和迎接春节的十二只冻土豆
在满是灰尘的街上
西北风在高处击着人们驼下的背
那些铁青的屋檐下
窗户在塑料纸后面瞪大
没有瞳仁的眼睛在一处
结冰的水槽里
一些棕绿色的马粪和白菜帮子
空罐头盒搅在一起
一家早点铺病倒了第三拨
外地伙计

太阳屯在空气最新鲜的地方
将它的光辉播进远离人间的云中
而在它举手可触的地面
人们躲着熟人手躲着另一只
握过来的手而脸

在自己眼睛的阴影里躲着
另一些脸上闪着呼吸之光的嘴唇
但太阳在高空也被
烟囱里的烟熏黑
也在风扬起的尘土和人们
嘴里吐出的气味中病变
冬天像一块盯着苍蝇的牛皮癣
如果毛蚶也服了板蓝根

        1988 年 12 月

年终聚会

年终聚会,我们文质彬彬
一席谈吐载入史册
而历史已把我们做成夹生饭
儿孙们不得不再回锅

我们于年底都忙,身上却是空的
除了一阵风没有任何重物
有人悲不过今年,眼眶发潮
这一夜只有泪水与尘土

到明年我们又在哪里露面
靠什么支撑立于众目睽睽中
窗外缤纷四季,花木葱茏

我们苦苦病在家中。迈出门槛吧
哪怕看一眼花谢,看一眼叶落
看一眼别人死在皱纹里的笑容

1988 年圣诞

一年之老

我们满身灰尘是在洗浴之后
在一年之终,在一年之始,或者
在一年过半。我们每次转身
是因为背后什么也没有
连风都在前面迎着你
背后只有一条影子
那是母胎中的附带之物
我们管心之类的东西叫累赘

在公共汽车上,一个女人逗弄她膝间的狗
那只狗也知道我们的日子比肉好舔
在东大街的老鼠巷,耗子们正在摆摊
卖着老鼠夹、耗子药和玩具猫
而我们在雨中走进酒吧,坐一小会儿
——小姐,来点儿忧愁
理查德·克莱德曼之后
便是本·约翰逊扫荡时空的骗局

我们的勇敢加上别人的勇敢就是怯懦
我们的怯懦只要临近灾难就能称霸四方
慷慨解囊却不惜一毛不拔
对前人的精彩之处拍案竟忘了叫绝

而在转念之间又什么都不想
敞开的门和虚掩的门都是留给风的

我们年年风尘,每到出发地便返回
终点比始点更接近我们
在雨后的空气中清一清嗓子
喊一个名字,然后退到
屋檐下,袖起双手,看满街陌生人
谁来答应
但我们话到嘴边又留下半句
后半句是留给自己听的

四个季节我们只唱一个调子
终生操持语言,但很多字读错了音
有的字只有孤零零几个笔画
却像一个谜要为它诠释一生
我们想问:这些字是谁定的音
(包括我们正在写的这一个
这一个"一"字)
它让每一个人倍感孤独
同时也刺激了统治欲
有人把语言称为言语
我们把"1"打倒了还是"一"

为我们命名的是哪一位
命名日是哪一天
这一年是哪一年

供我们衰老的是哪一种光景
我们的死亡是几位数字
我们的血滴是人类血脉中的第几滴
难道我们生来只有姓名
被毫不相干的人叫得烂熟
难道我们的灵魂与我们的姓名
相距甚远，就无人来管
还要留给后人当作话柄

一年之中有多少日子在家里呆坐
或在江湖鬼混
把时间从指间打发掉
时间又沿着裤管爬到半腰
在女人们走后，余温犹存的坐垫上
是她们谈一个高雅问题留下的余唾
而我们对卑微的无限向往
竟超越了伟大人物的一生
所以这一年就干脆一钱不值
或天天蚀本

客人来了，客人的主人也来了
客人与主人的仆人也来了
这三者我们始终弄不清他们的身份
假设客人是哲学家、主人是二流子、仆人
是同性恋者
于是我们斗胆揣测：客与主之间
哲学家与二流子之间

是二律背反或绝对精神
与泼皮无赖的吆五喝六
产生共鸣之后的狼狈为奸
客与仆之间，哲学家与同性恋者之间
是泛逻辑主义与阴阳两栖人
在暗室亏心之后于政府广场相赠媚眼
主与仆之间，二流子与同性恋者之间
是两个盗贼为维护一个被劫者而产生口角
甚至要大动干戈
所以我们只好先弄清自己的身份
是这三类中的哪一类
后来有人告诉我们
是只有一种怪癖其余纤尘不染的
纯洁诗人

有人在睡觉时用鼾声和我们交谈
有人在法庭上用哈欠和我们对质
有人在病中用咳嗽提醒我们戴口罩
有人在做爱时用呻吟轻抚我们的器官
我们与这样的人在一起，聊以自慰
他们是某种异兆的先驱
我们是征兆应验之后
站出来为人们回溯来龙去脉的后知
我们似乎较他人高明
因为凡预知者皆见不到结果
我们就是结果
衰老是没有开始的

从你降生那一天便已老去

年终逢大雪,未必就老了
我们称人生毫无意义的一页为衰老
未必就死去了,皆因死之后
不愿让别人去上坟
对死者的悼念更让其不安
对衰老的粉饰与其不出生
静静地度着岁月吧,白昼与黑夜
哪一个时辰不能睡去
醒来后一如从前

        1988年岁末

白羊星的一滴雨

白羊星的一滴雨　任我吹落
有被吟唱的歌痕　有天光的白色寂寞
你是银河的小吉星　草莓上的金露水
被无尽岁月摆渡到灵魂前列

你呀　小雨　披着时间的天蓝色
残月的冷百合　披着我凄凉的眼色
在月季园中错挽了紫丁香的腰身
是你　直滴到飘摇的世纪末

以我一滴酒　匀抹你的雨
北方南方　高处的深情只有两声
轻弹的夜曲不要微尘
空冷的梦乡不要月下的幻影

被你滴穿　小雨　我把内心移到身外
若还不够　我体内的热血也全部散开

1989 年 4 月

想想夏天

整个夏天
没有在雨中行走
此次出行竟然苛求雨滴的重量
一枚松针也来探视我的脉搏
寂静的时刻是听别人说话
倘若世界沉默到底
我用呼吸挽留你

上佳的天气
并非一场雨可作调味品
请别说我家门前风水不佳
被甲肝摧垮的病人至今没断气
这一天不会白白送给你
你可以不付出任何代价
只需一皱眉
但也许你连一眨眼都来不及
我一声叹息遁地三尺

好像雨前还有一场雨
我躺的棺材竟是你栽的树、
每夜做的梦离你只有一尺远
掀开我的头颅如同翻开一页书

在夏日的终结点刚刚开始
不信你听池蛙刚自调准了音
我不会因为一句废话就废了一生
也不会坐空仰倒在地
你就袖手立在对岸
看我如何宴请自己

         1989 年 7 月

灵魂飘香的季节

灵魂飘香的季节,烛影摇红的八月
千日莲静开的最后一夜
以牧羊星畅游明月之乡为佳期
以语言的琥珀之光为盟约

琴心如烟的女诗人,玉立松庭
曼声长吟着古老的法兰西文
绯红的梅腮,银蓝的睫影
她用单簧管吹远一片云

她记得一片钟声里
太阳,终于在落山前赶上一只燕子
那时,她午睡在处女般的丝绸上
被马拉美诗中的曼陀铃唤起

那时,她第一眼睁开凝视着自己
如瑟拉芬一样优美的脚趾
这是她用第一个吻祝福的夏日
波斯猫卧在玫瑰色的双膝

铺满大地的碧草,耸向南方的龙柏
当一只游隼拍空而去,溅落一道星辉

在她那一侧,背向她坐在清水石上
一个男子漾动手中的流光之杯

两月之前他倚在低廊之下
用响亮的双音节送走谢幕的黄萱花
那是一个初夏,在潮湿的空气中抵达心灵
那是一次远游,爱情被迎回世家

伴着唇吐暗香的女诗人他朗声咏唱
斯宾塞惠风和畅的十四行
仿佛一束雨惊飞了冰凉的夜蝙蝠
一只绿萤投向林间的月光

手挽香石竹而来的红绡之影
足履绿松岩而去的白衣嘉宾
在这一夜,柔风吹足,花露袭身
一枚松子叩开万物之心

1989 年 8 月

一口空气

噙在口中是未开之花的名字
收集星辰的凉风
我出自新生的地貌
出自岩层的唯一一滴水
在青藤曲回的坡地
和月光斜穿的三角林
我掉转心中的往事

我于人生所求无多
一张空椅,让我秋天来坐
环视空旷的岁月
以及叠满双膝的落叶
让一颗露水立在舌尖
我,凝坐于合目聆听的黑夜

空气中我只要含上一口
澄清一气,就足以为余生而沉默
为尘倦的灵魂设下居所
我只要吸进一缕异香,就足以
为下一个季节找到花朵
是我,为落叶而飘落

1989 年 9 月

迎住秋天

迎住秋天,迎住最后的落叶
悲风涌进消魂的离别
异乡的冷酒里
照见家园的明月

告别一年光景,打叠残旧的书囊
暮天的钟声里飘然何方
星鸦点点的寒水城下
正是一副怀旧心肠

秋雨送人生,送那些灵魂入大地
送我们的残梦到下世纪
高吟一声,轻轻弹泪
我们走完西风八千里

对这个世界只留一瞥
一瞥之后,萧萧落叶

1989 年 10 月

因为我们是酒的太阳

因为我们是酒的太阳
青梅的星辰
是睡眠的薄荷
与空气的指南针

因为远去的情人空着手
而我们握着白色风尘
落山的太阳夜夜豪饮
百年光阴一杯告罄

因为我们从那只象牙上
认出了轻弹牛膝草的所罗门
从迈那得斯浓香的呼吸中
闪出葡萄酒王悠长的唇音

因为我们的心已被蒿草拉紧
北京城下是西风的长吟

      1989 年 10 月

我的语言,一汪黄金

我的语言,一汪黄金
我的语言,大自然的掌心
仿佛贝壳聆听遥远的潮汛
与大海同享一个谐音

我的语言,云游的花信
我的语言,一把无弓的提琴
游子唇边淡淡的酒痕
丰饶心灵高贵的嘉宾

我的语言,斜靠苦恶鸟与沙棘之岸
我的语言,滴着腊脂与香水的白笺
高挂青云的天涯之风
迎接黎明的红色双肩

我端坐语言的最南端
从热泪的飞雨到冷血的喷泉

1989 年 10 月

秋天的四分之一

立秋时分

午睡醒来
正是阳光斜照
最后一株黄水仙的时候
秋蛩初鸣
那声音落进绕石的流水里
石榴树到处飘香
夏季的尾翼
在傍晚五时的钟声里分开
而远处,炊烟停在一只红鸢身后
又是一片宁静的白色气息

披衣而坐
让晒了一夏天阳光的脸颊
埋进秋风暮色
那只蝉已经是秋蝉了

1989 年秋

深秋的北方风向西吹

深秋的北方风向西吹
路边的岩石冲过流水
那颗摇滚的心被彻夜抽打
那记响亮的名字被惊飞

风向西吹,清扫落叶
吹过清冷的门庭,吹进虚弱的眼睫
于是他扭断风向,屈膝长悲
自冰凉的的山冈全身下跌

深秋的抛泪者,风中向北
傲慢而伤残,被精神冷却
风向西吹吹白了天涯
孤身向北,他赤手空拳赶场大雪

荒无人迹的地方他终要折回
带回失去翅膀的鸟,无法映照的水

1989 年 11 月

醉乡路稳

遥远的醉乡,我一步就冲到你的寝床
我被你放逐得一身风霜
醉乡,我在你最后的杯中长歌
最后一杯,三十生涯的黯然流光

当我斜倚在黄昏深幽的酒廊
第一只燕子,轻衔着月季园的清香
一个女孩于远方悲啼
我一声惊悸,隐痛在杯底回响

青春的醉乡,雨中的北京街心杯杯流畅
那是十年前,湖水泛蓝雏菊娇黄
那是几位少年拥在穷街陋巷
凭什么举杯,就凭四处流浪的火热心肠

当我在风雅的啤酒屋闲抛时光
待招回,少年吉他的清冷梦乡
七升啤酒云游的通宵,红衣小妹
你肩头留下谁的指温,心底受过谁的创伤

黄金的醉乡,杨柳岸翠带飘扬
芳草路遥赠王孙,悠悠美酒之邦

我来迟一步，只因我沿途暗访倩址
流连花月误入芙蓉小池塘

当我飘然一杯，接住你鬓影衣香
投身命运女神的幽郁之光
自从我饮过你如酒之唇，浩如烟海
从此停杯，辞去人间一切佳酿

苍茫的醉乡，西郊的寒水空落夕阳
大雁一声故乡远于异乡
我醉后，西风扫平了北京金秋
我醒来，乱鬓的一角乍添寒霜

醉乡路稳，心灵永醉，人生一睹半生时光
一夜青春，三更残酒，半生拼换一时疏狂
当我飘零一杯压住云霄
当我再饮一杯挥别沧桑

1989 年 11 月

和平之冬

我的白昼之手划过夜空
一夜风停
在早上九点钟
一扇窗子向南敞开
我的脸在阳光的折射中
有些落寞
一片残雪是谁的空巢

在两个栏栅之间
被我抛落的那些星云状的蘑菇
它们云游的影子布满地平线
在冬天,断木的干裂声中
一只归林之鸟惊飞入山

我再一次看见我的词语在空气中遗落
像一只无引的纸鸢
我低低飞入砖砌的围栏
在那棵没有轮盘的向日葵上
我的太阳穴熠熠发光
然后是一群蜉蝣拱出封冻的河面

冰释之日

第一声溪水流向我的掌心
在赤裸的灌木上
去秋的虫穴已经张开
我的食指探进虫卵的梦里

在绿色荆条盘织的洼地中
在花岗石的阴影里
在那些空亭子、土墙和碎瓦的路旁
我听见我水银似的声音
流过凹陷的山庄
在一片疏篱之间
麻雀们在草地上织起一张网
孩子们像去秋的落叶
在棕色的原野上铺成一条甬道

第一队大雁被夏季风召回
它们的口中衔着南方的芦苇
我的掌心向上
一片雁影落入手中而成烟缕
而成一个雕漆的瞬间
我的手握响了大气层松脆的骨骼

我每天打开一扇门
打开圆锥形白屋和红赭石山冈之间那块盆地
我移动于橡树和榛松的影子之间
那些紫色的叶子被黄土漆过
在一丛茅草中有我的鬓发

然后月亮圆成我十年前拂晓时那面水汪汪的镜子
自一夜冰凌和寒气之后
我重叠的心上是白桦的瘢瘤和赤杨的红痂

然后我的黑酣之手于二月天空徐徐升起
然后青衣皂氅的我被镍铂浇制成一株黄莲
一片风景倒悬于我的臂上
欲语无言的北方是一面空无一影的明镜

然后我的双肩各自抵住两条路的尽头
在一片蓬蓬簇簇的晨霭中
从我半个影子里长出一株美人蕉
另半个影子舒爽怡然
正有一头白色幼驹在里面苏醒

然后我漂泊在冬季大陆最后一次板块的推移中
冬季风退潮，我被缝合于
夏季风未临之前的枯枝上
当临风的钟声在大自然虚无的脉纹间响过
我听见稻谷抽穗开花的声音

1990 年 2 月

请留心一个叫出你名字的人

请留心一个叫出你名字的人
他用你的名字呼唤鸟群
使你的名字穿过叶层
缝进岁月藏青色的衣襟
别不响应,他使你的名字
有了重量,有了贞洁之影
他是用诗歌的贵重金属
锻打你的名字于所有心灵
他是以一壶美酒
酿制你的名字于阵阵微醺

过来聆听,他凝气的双唇
传出你芳名的顿挫之音
他拥有你名字中充盈的水滴
把你写进肺腑永不凋零
他在高喊,你就轻声答应
他伸手示爱,你就举目相迎
他要打开你美名中的阳关道
你就先为他指出一条幽径
趁他还有一副好嗓音
你就多回答他几声

1990 年 4 月

让我们在路上

让我们在路上找个小酒馆
并肩畅饮,在夏日的清凉中闲谈
让我们为喝空的酒杯
迎回骄傲,将似水流年斟满

让我们空喝三杯,告慰光阴
在西斜的日影下歌吟
让我们击穿杯底,叩响血脉
在淋漓之意中醉透身心

今朝有酒,通天大路杯与天平
一枚酒精,在远方的云中轰鸣
幽深而浩渺的是披星的杯盏
月白风清是饮者的眼睛

在流逝的时光中筛出一杯酒
留给后人,留给黄昏出征的石榴

1990 年 7 月

一个虚妄

一个虚妄,一个低气压中闷热的虚妄
在我们的后背布满汗碱
一寸边缘,一寸胃下垂的距离
将心灵的扶摇之光坠入黑暗

在遗精之夏,一颗龙眼是精子之王
在我耻骨的坐标上
在流产后的一阵凉风里
在你枣红色乳晕的伤口旁

一个诗人带来酷肖南风的虚妄
女人的睫毛弄湿了热带海洋
我们在花园的荫凉里喝着啤酒
打着响指,随意捧起你乳沟中轻驰的海浪

独一无二的虚妄是慨叹者的呼吸
精神的那份明朗,对我们缓缓一击

1990 年 7 月

这样失魂的夏天

这样失魂的夏天　雨前的
低燕　柠檬飘香　我们
在酒吧一夕长谈　时间是一张弓
我们是　漫无目标的箭

音乐声中　你的眸光频转
月亮门外漾起温馨的紫衫
你是一滴落在云中的雨
在云中你将露水轻弹

你的心　是夏天最后一只蝉
我是　被你吹起的轻烟
让我呼吸你那颗高傲的心
让我抵达你宁静的额前

在我第一支歌的途中
你回到南方的家园

1990 年 7 月

烟霞故址

午睡错过一次花开
走下楼台
草已漫过了栏杆
闪过几亭圣柳
便是三角花坛

折一枝入怀
或以花气熏衣
或以体肤调香
四面流风淡韵
去访烟霞故址
撷一束绮罗归来

蝶儿,风前引路

1990 年 8 月

远天一鹤

西之崖
霜风卷落几丛残蒿
徒手而来的寒士
本欲满载榛果而归
却于有心无意间
自坠谷底

头上青丝化气而去
渺若远天一鹤
近似枯心一瓣

1990 年 8 月

不终之局

弈者，你是对镜自弈
抑或与瞽叟蒙目分先
这一局永无终了
灯蕊已枯，斧柯已烂
拈棋的指尖已经磨秃

第一子落下
顿觉气象万千
中盘力据天元
反受制于一隅
终局之子永无着落
此刻正在异地流窜

你只好推枰认输
对手永远诈败取胜

1990 年 9 月

白唇黑女孩

白唇黑女孩，我祝福你淡如菊影
一秋纯贞的苍白，雨中蓬松的心灵
黑女孩，我祝福你四季安详
黑钻石的鬓角蓄满歌声

你飘柔的唇风吹走了梦影
少女的新月之泪，盛开满天繁星
在北方深秋的金地毯，银杏的芳草园
我祝福你，用唯一的太阳和泪眼的虔诚

你是黑色乐池的首席小提琴
南方松柏下的风精灵
轻如燕尾，随流水光阴徐徐摇曳
绰约的风姿竟是岁月的流线形

黑女孩，耀眼的黑女孩飘入群星
流云步履在我心中启程

1990 年 10 月

一只鸟飞进秋天

1

一只鸟飞进秋天
被风吹走
它的翅膀
高悬起十月

2

我转过身
那只鸟也转过身
风带响
我们之间的枯草

3

风和鸟
在我的四周打转
秋天
从我的左手
移到右手

4

风聚集在阳光下
风敛起褐色的鸟翼
桨一样打在
我内心深处
我如一只鸟
落在秋天尖尖的仓顶

5

我口衔清风
鸟衔起我灵魂的一翼
在一碧无痕的天空
秋风已抵达南方

6

秋空独高
云层里
几声鸦鸣
我之心
冷然绷在一根弦上
漫入烟水茫茫

7

在水中洗鸟
在影子里洗身体
在空气中
洗灵魂

8

飘来落叶
扫净枯枝
深秋的风霜下
我的呼吸使尘土开花
令一只鸟
折翼而落

9

那是一扇
开向落日的窗子
飞进来吧
你这只鸟
由一阵风吹你进来
另一阵风送你出去

10

雨中一声鹗鸣
穿过秋篱
惊起我空魂
入夜
鸟之巢安于我心中

11

菊花落后
便有寒鸟来投
往来西风中
枝上更寒
飞遍山林无枝可依

12

花开的琴声
鸟飞的钟鸣
流水载着石楠的身影
秋夜
我的明月之心
融入北斗七星

1990 年 10 月

有水流过的玻璃

有水流过的玻璃有大理石
斑点的地面
一鸟飞去黄昏来临
隔夜的诗拿出来重写
明年的人生账
今年算清
连本带利世界我曾
抵给一声轻叹
留下二尺驼腰
应付半生辗转

有烛光的窗帷有冷咖啡
倦容的夜景
等待之中谁又离去
一席托词镂成金石
装聋作哑魔术师我们也曾
与你豪谈数夜
留下一句谎言
容你半世消遣

有余香的汗巾有金针银线
钩出花纹的亵衣有我的

不期之约

女人也有你的不辞之别

你来时夏天刚过秋天

深入你的双眼

相距千里你也曾触及

我的心脉

空空一道眼波

纵我十年长歌

　　　　　　　　　　1990年10月

吟袖飘飘

西来的轻寒向晚渐凝
秋霜白了马蹄
冷酒湿了青衫
游子的故乡就在眼前
他却踏歌千里,弹击山水
行吟一路落入一生的贫贱

驿站的商贾
冶游的王孙
在他的吟啸中星夜回转
花楼的歌伎
函馆的使节
在他的乡愁中泪下涟涟
他却身倚飞崖,一笛横空
吹老了每一寸江山

1990 年 10 月

泪眼中的灰风景

泪眼中的灰风景
灰烬中尚温的儿女情
热恋的金钻石打出一片苍白
深灰的暮色,浅灰的石径

秋天沉默,橙子林没尽鸦翅
云朵的花季被浓雾封闭
在你痛哭的一端
潇潇泪雨,西风横抛半碎的泪滴

在我,空接云盏的手中
一行雁泪冷透秋空
在我被光矢击中的静脉上
是你,苍白面颊的唯一绯红

寒水迷茫,你黑色长衫的捣衣声
震挫我心,你的泪眼逼我血眸大睁

1990 年 10 月

平淡秋风

1

穿过手掌的风
折回灵魂的怀抱
畅游晴空的落日
迎住阵阵松涛
这个秋天到来之前
我已一身落叶
这个秋天
抛起我的夏季之心
薄暮合拢之际
我展开双臂
簇拥往事尘埃

2

风吹黄昏,书页打开
三十之梦页页翻过
生于沧海之家
落得一叶之轻
每回挥泪之际
空洞的双眼

每次歌声之后
流浪的身姿
人生从此醉
醉后便是
秋风紧抱一生

3

从一道虚无的指缝间
我看见一个年轻的异乡
一只背叛苍天的候鸟
从秋风击荡的云朵中
听见一声空气的长笛
和一颗古老象牙的浩叹
从拄着拐杖的白昼
我跌进生活的灰烬
溅起苍白的火星

4

黑暗，你踩中我的影子了
风的乳牙嚼痛我的神经
这里很冷，我披着火
打着月亮的补丁
膝盖以下是落叶
肩头以上是谎言
在今秋第一场大风中

我的心
被空虚请回原处

5

很久的日子被餐纸
盖上,我们吃它
把刀叉聚成一个
三角。天文馆的星座上
有一杯牛奶,把我们
泼进风中
风中是更狂的风
我们发烧的前额,擦去
铁栅的黄锈,然后
从眉心喷出
一座火山

6

死者手中的万花筒
把蜜蜂献给阳光
你比秋天早来一步
所以你下着雨
我在雾中吸着雾气
尽享与死者相通的呼吸
风吹开手掌

吹大瞳孔
我呼喊一个
微微发抖的名字

7

孤崖的浪子回眸之际
脸色凝霜
深深的眼睑落满风尘
涌入瑟瑟西风
在他裂开的心灵之墓
人们捧出一抔净土
在他抛落断弦的乱草中
人们找到歌声的遗址
每当水波叠起流光之影
他跌身坐进异乡的明露

8

永恒的啤酒时光
短暂的诗歌梦乡
泪弹进深秋
雨打进眼眶
走入一滴水
收紧一颗心
从清朗的月色中找回

衰如尘土的容貌

跟住秋风

赶快上路

      1990 年 10 月

我扑向华北

我扑向华北,迎风高举
震响秋空的雁翅
让我有爱,有汪汪的泪
扎进大地尽头灿烂的落日

我从深深黄土之下
擦亮亲人的骸骨
从忧郁的葡萄酒中
哭泣无边的落木

让我直飞天涯,俯身压住
尘烟里浮起的苍白痛苦
我的灵魂,在麦浪中清脆有声
爱人的脸,被秋风点触

黄昏的华北平原美酒盈杯
一代浪子,正把时光频催

1990 年 10 月

我听到的雨声都是泪滴

我听到的雨声都是泪滴
晶亮光洁,清洗着你的忧郁
我听到的雨声梦呓般萦回
持久细微,漫游你蓬松的发际

眺望西郊上空,一弯静月
北方群星向你的泪眼致意
柔和的丝雨,落进哪一束月光
你深秋的气息,带给我刻骨寒意

在你的泪光中我披风长立
震碎歌喉,四溢的哀歌沿子夜奔驰
秋风穿透的赤杨林,一道白霜
擦亮你飘拂的黑衣

留下来,冷艳的面颊上留下
一滴雨中泪,泪中脂粉的菁华

1990 年 10 月

心灵撞碎酒杯

心灵撞碎酒杯,再来一杯,长夜未央
清冷的杯中酒,飘浮的明月光
黑暗的四野封住深情
往后的日子有些凄凉

一阵风声撞碎心灵,浪人啊
快要开拔,跟随西风南下
你滚滚的热泪染洗风尘
游手好闲的身姿飞渡天涯

你以一曲悲歌撞碎太空
将一颗流星按进心胸
那只流落他乡的黑酒杯
暴绽出止不住的伤痛

将你的满嘴酒气吹向东方
今夜大风,将你的酒气吹回故乡

1990 年 10 月

假如我们在太阳中升起

假如我们在太阳中升起
与往事一同漫步
假如我们在爱情的水梦里摇荡
在繁星满天的秋夜赶路

假如我们独请你一人
残留在千日红最后的遗香
假如你挥响山野的风铃
阻止过一九九〇年落山的太阳

就请船只,完好地把桨带回岸上
就请时间,为第一片夜色抹上黄金
假如错过日初,就准时守在日落
假如穷尽所爱,仍不过一吻

无数苍白的季节随风飘尽
雨雪打空的双眼,映入春色之心

1990 年 11 月

美如沧桑

> 夕阳西下，一代代人类尽去。
> ——博尔赫斯《业绩》

众人，你们一睹希腊的太阳
隆隆下山，拜伦幽灵在西方吟唱
你们眺望了日月金字塔
在弹粉兰的香雨中饱浴时光

茂密的原始森林，一只预言鸟
透过无限夕阳凝睇古老东方
有谁悄然翻开棕榈叶的占语
那上面可有黄种人的吉祥

女娲的纤指间亚洲美如沧桑
风月女神高耸着命运的乳房
多少个家园一夜深秋
多少颗种子在红土下激昂

只要雨飘秋空，我就星夜上路
在雨中的咖啡街朗诵爱情的南方
美酒如歌，只因我饮过一杯流霞
只因我热爱着香樟树下的女郎

朋友，我要留住你少年的身影
用两只啤酒杯，一抱烛光
将儿时的冰叉舞进北方隆冬
请你回到往事中，美如沧桑

众人，我请你们从灵魂的归程
再次流浪，扫荡异乡风霜
希腊和中国，两重光阴
在精神的领空再度辉煌

碧水蓝天有海伦的长裙
兰舟轻发有湘夫人的浓妆
当品达罗斯拍碎雷霆
当李青莲怒斩汪洋

夕阳西下，一代代人类尽去
逝者的目光使来者明亮
所有言辞不过一声轻叹
但人生超群，有人美如沧桑

1990 年 11 月

飘飘丝雨

深秋的小雨下到天亮
深秋,我双唇冰凉
嚼着载你远去的时光
一滴残酒,于泪水中飘过北方

飘飘丝雨,飘飘生涯
迎风的面颊已有了一角沧桑
我心迹空寥,踏过荒郊之路
你一声柔叹,带响晨鸦的翅膀

这是被你,掌中的流雨打开的花园
这是你,从金盏菊后面闪出的双眼
二十三缕韶光,将你秋后的红晕
印在人迹空绝的林苑

湿雨中浓愁的浪子,在你
流盼的光辉中飞驰异乡
沦落风晨雨夕,昂首千里送鸦
我的苦吟之声深入炉膛

四季的漫游者,家园就是欢歌睡梦
我的每一天都在途中

当你拉长衣袖轻挥风雨,当我
被虚掷的光阴抛回秋风

       1990 年 11 月

秋风之后有谁知我

秋风之后有谁知我
肃立斜阳看雁翎飘过
流水向人生的尽头冲去落叶
掩映我苍老的是一株藤萝

秋天,以收进我眼底的残光
普照白荻萧萧的北方
我于每滴露水中依次呼吸
在晴空般的岁月日日飞翔

来自伟大心灵的流浪地
灵魂的孤星撞响了沉钟
在辽阔家园的忧伤明月下
若知我名,请问秋风

从我的言辞中滑出流星
一道贯穿黎明的光影

1990 年 11 月

回到爱情之前

回到爱情之前,更觉孤单
痛苦,在飞雪中逼来春天
你走开,猝然一击
把我逼回爱你之前

你年轻的身边,缤纷的花园
新春草地上阳光悠闲
我在昏暗的地下室
在生命碎裂的时刻,咬紧牙关

爱,被拒绝在春暖花开
被几杯苦酒冲进胸怀
一片春愁打上眉梢
我一展被你击伤的风采

为爱情而病重,因黑夜而天亮
你让我增添这爱中之伤
我的歌声,依旧吹拂天涯
苦叹的心灵使你樱唇流芳

1990 年 12 月

既然冬季常有分手

既然冬季常有分手
就进入春天
夏季的雨水不要我们
就留在秋天的果园

真不懂,既然已敲遍我的心
为何不等一下回声
既然你来不及等我
又何必把我从梦中惊醒

我们常沿着护城河
走向沉寂,走到夜色最浓
你的唇瓣在寒冬也烫人
你的心被我拥到半空

爱情被撕开之后,还剩一丝牵连
只是你让我冷得太久,四处找温暖

1990 年 12 月

融入夜色渗进黄土

融入夜色渗进黄土　火或者水
失恋的两片摇曳的嘴唇
八月浩大　十二月的太阳像枚
冻果　我带着你遗忘的一吻

暗香　北方隆冬饮水的梅花
我洗空杯盏醉意清淡
当爱情被夺去最后的气息
我终生不再拔剑

风声抽击的马背松弛
打出火花的日子铮铮有力
黄昏星被你的双眼推进夜空
照出我一生的静寂

回荡的山谷残留之音
收拢的心　我最后深入你一寸

1990 年 12 月

深冥之中是你在歌

深冥之中是你在歌
一个声音永远扣住我
泪染的风景已经模糊
落日,向灵魂的遗址点燃了火

浩浩沧桑,乘一缕玫瑰云
在你无限的灰眼睛中隐去
我是长哭无泪的秋风之侣
你,闪耀着苦柠檬的忧郁

抛过来,盛满三十岁灰尘的酒杯
最后一杯明月与我分享
你这南风家族的唯一女性
你这手持美酒的黎明新娘

一片光阴在握
我们豪迈地走进世纪末

1991 年 1 月

很久当我再次俯身

很久当我再次俯身于落日下秋天
你再次穿过燕去空空的沉香园
很久当我重唤起旧时笛箫
你归来,竟是一尘未染

又见西风,又闻百鸟啼香
罗汉松的华盖上一轮清光
当你身披湖绿色秋衫倚坐亭西
我瞑合双目,心中微感异样

你被岁月漂白的足踝沐尽流霞
无双的朱颜更替着四季芳华
每一个风晨月夕我们叩问潭心
哪一叠波光中有被爱情击落的鲜花

去秋相依的园中风景未改
你爱我,抑或不爱

1991 年 2 月

雨天使

我无法抚摸空气中的你
姗姗来自南方的身姿
苍远的秋空大雁向南
白石的甬道夕阳残菊
你的季节之心随风而变
随风带我
横穿你的呼吸

我无法送走悠长的雨季
和飘满你影子的红叶李
南方的叶簇摘下了
我肩头的一场小雨
在你蔚蓝名字的光滑丝绒里
悬着最后一颗银色雨滴

自从我爱上一位南方佳丽
捧起镶成钻石的三颗黑痔
自从我为你夜百合的晨妆
命名一首诗
向冷然南飞的孤绝羽翅
向你黑衣的长烟凝神一世
第一支金棕榈的季风

没有认错你
你就是采集十二星辰的
雨天使

1991年2月

抵达我咽喉的你的舌

抵达我咽喉的你的舌
卷起我的荒凉
触及我牙关的你的唇
抿住我的绝望

我关闭你的双眼,夜色降临
我怒放你的眼帘
你的唇浪于我的胸口
阵阵拍岸

第一颗星划破风霜
我热爱你,擦拭你的眸子
幽森的大气向远山集结
我呼出你舌根的空气

我们厮守着一个时日,孤高多情
在两腰的空无间,定型

1991 年 3 月

六十四面东风

六十四面东风吹入北方春色
吹透四月处子的鲜血
一园杏雨飘红了天涯
六十四支金笛吹响了杨树叶

你碧蓝的静脉飞出冷蝴蝶
水星的乳头上一弯新月
光辉的人间故乡，双眼的银河系
风声自清香的酒槽流泻

你的彩蝶之舞，舞于风信子之夜
你嫣红的十四行，起于樱草花四月
夏天就在对面的花园等你
唱起来，皓齿隐约，夜色光洁

请于寒宫冷宇舞一曲，一曲柔乡
你的腰肢是云中的轻浪

1991 年 4 月

一夜寒风吹来一位美人

一夜寒风吹来一位美人
吹来淡若丝烟的两道眼帘
阴沉的日影荡在街心
我的心,被你冷清地扣在身边

虽然海湾上空战火硝烟
我们的往来依旧平淡
你的气息为何总让我僵冷
为何不让我脸色中有个春天

我的星,昨夜含泪起程
穿过星光,穿过帘影,向你肩头飞来
你竟连瞥一眼的情绪都没有
抬手就把它震落尘埃

在你松开的那一端
谁还能弹动我的心弦

1991 年 4 月

轻轻地回来

多少风尘往事,轻轻地回来
多少忘怀之情,轻轻地回来
春夏秋冬,四季之声
把我热恋过的芳名
响亮地送进云层

你们在哪里?在使爱情受难的大海
在一片归帆的暮色中,轻轻地回来
当我将你们的秀发
从沙滩上捧起
当我突然认出
你们被海水洗蓝的眼中
我昔日注入的光彩

轻轻地回来,别留得太久
我依然是多情的歌手
别惊动我,游子的平安夜
让我在梦中向远方漂流
看那大潮退后,远去的地平线
有我被夏季爱情斩落的双腕
那上面,你们枕过的香痕
持久不散

1991 年 5 月

悠悠一片好感觉

悠悠一片好感觉,新石榴
女贞子,兰花小溪,银制的胸针
软肩,纤足,一杯红茶
明眸中卸下两轮白昼的光影

在你身边的下午美如天堂
在你口唇的乐池中秋风歌唱
垂冷的鸽翅温暖回家
失散的情人邂逅雨中的太阳

在你幸福的膝头被风弹落
蓄满幽岚的黑眼圈
光阴之蜜还粘着睫毛
美貌播种蓝田,悠悠一片

阳光的领土无边灿烂
女皇,你头戴七宝石桂冠

1991年6月

棋枰为地子为天

棋枰为地
子为天
你为风尘烟霞

先生居山林久矣
可知城中
仅存五斗之米

有人说大雨将至
你必溺于水中
千古绝弈
仅剩一尾残萍

踞石而立
日月之盛不过一子之移
南星北斗
黑白子再度媾和江山

1991 年 7 月

当野菊花在夕阳下

当野菊花在夕阳下
破碎　当孤傲的松影倾满
一只空杯　一颗心捧上另一颗心
时间的独臂划击秋水

秋天　我们活在其中　干冷
哑寂　在那只金色太阳穴上
触到　一滴酒的气息
和面向旷野的高贵呼吸

我们面对的是你　女人
一具被废弃的灵魂　一件被磨穿
被风声鞭打的长裙　还有一只
乳房　被冷冷的指尖留下一丝

余温　但你依然转动凄清的面颊
哭吻夕阳下的野菊花

1991 年 10 月

你去年的身姿

你去年的身姿来自风中
风中,你的眉峰挑起一片晴空
你去年的身姿是彗星一闪
彗星,你一闪的流光长于夜梦

打开去年的身姿,为我出现
为凄冷的西风找到家园
让我从最远处看见你
最黑处,一双感激的泪眼

岁月把卷丹花挥进身姿
挺向我,用你身体最傲然的部分
而随时你的影子化作一柄利刃
我的心就在刀口疾奔

你去年的身姿忘在衣服里
被我熨平,挂在失去你的日子

1991 年 10 月

追击我恋人的摩羯星

追击我恋人的摩羯星,快马中的女孩
我追击她胸前豪华的岁月
夏日开阔,我弹唱我恋人的毛发
收割她腰间年轻的季节

翻越群星,攻打我恋人的眠床
夺走她今夜的归宿。透过幽暗的天幕
她被我耀眼地推出,在信仰之地
高傲地敞开。我奏响她的孤独

她的躯体已不能再低
被我盲目地点燃,致命、夺目
击飞我恋人身下的苍白,当两片肉体
铐在一起,灵魂的对接已无退路

迎战我恋人燃烧的摩羯星
浴火而生,我被她放纵地欺凌

1992 年 1 月

任凭阳光

任凭阳光了去终生所愿
任凭阳光和雨,把一季分为两天
阳光和雨,风的衬裙
把一个白日梦放进花篮

你就是那,在白蝴蝶翅膀上
留下碳素字迹的黑衣女郎
告之我,那封信已织成乳白的丝巾
系在彩叶菊的歌喉任凭阳光

浓郁了园林大道的阵阵芳香
摇你黑鹅绒的日子于正午的寂静之上
一汪沧溟,映出清纯的脸庞
任凭阳光,请出你心中的夜太阳

那么请随我,直接抵达紫荆花
请掌灯,送我的眼泪去无人之家
任凭阳光被风尘迷住
我有暖怀的春色,你有锦瑟年华

1992 年 4 月

那短促一生的香槟酒

那短促一生的香槟酒，抑郁的黑啤
那满天星簇拥的玫瑰之名
那些高大的北欧人，在大厅里横穿
那个紫裙的小姑娘，在我身边聆听

一片切开的风景轻吐蓝烟
八月的含烟之唇未曾飘远
向你苍茫的掌心吹进凉风
你额前的流光不再回转

你背后的花园正在黯淡
向你的眉心传递阴影
你铂金的指环压弯了鬓角
在我的胸口打出火星

被我斟满的女人长饮不尽
短促一生，架上的青藤缠住了光阴

1992 年 8 月

于是我抛击迷蒙的下弦月

于是我抛击迷蒙的下弦月
异乡的寒霜,刺痛了手掌
杯中的孤影化入夜空
于是我遮掩无辜的烛光

于是我拍打满城的门窗
苍白的梦中人寒冷地醒来
每只痛苦的眼帘剥光了睫毛
于是我轻触失恋的凉腮

于是我高涨平息的泪水
抛起一只折断的掌心
握住并梳理惊飞的夜鸟
于是我力挽顿逝的光阴

于是我剩下唯一的心跳
像钟声一样,我准时被击倒

1992 年 9 月

信守落日

十一月穿过所有岁月
西风固守,寒雀在乱石间停歇
独一身当我独一影
被吸进风吹的空穴

遥远的歌手,你射落我的忧伤
岑寂的空气发出一声清响
有人来了,一个灰衣人
他的冷指,将叹息在我影子里拉长

他走远,用金子遮住脸
用一口水银喷淋河滩
斜阳夕照从他巨大的后心
反震我掌中的枯寒

一位少年迎住我,烧起野火
铜锈的双眼,为死叶打上响戳
他烧掉了谁的光阴
又把谁,从光阴中迎回再次抛落

我守住黄金柏上方的落日
满地乱叶还有一片可拾

因为它从你身边吹来
接受过你一星期泪滴

一处秋草,便有一处柔肠
浪子的怀中永远有风霜
飘零一身,当我投身荒月残星
独有你,坐守我离去的家乡

无花无酒,秋风扫荡浪子的空杯
你的柔唇把吉祥草轻吹
落日下我送你到楼台
大理石把岁月荒废

1992 年 11 月

黑天鹅十四行
——致里杰卡尔德

你来自忧郁的阿姆斯特丹
来自和风吹拂的阳光米兰
黑天鹅,你绝尘而去
冲天的身姿没入云烟

你卑微而高贵,心灵悠长
高举着我们对绿茵的无限向往
在意大利之夏你曾被伤害
在东瀛的寒风中你拔剑吟唱

在你黑钻石的内心
是华丽的傲慢和朴素的情感
在你孤独光辉的映照下
是古力特的吉他和巴斯滕的快剑

在你的身边,是妻子和孩子
是一个好男人对世界的无微不至

1995 年 6 月

一个中国诗人在异国酒吧

一个中国诗人在异国酒吧
声音低哑,读着翁贝尔托·萨巴
一个诗人,把地中海的风扛在肩上
马丁尼的酒滴挂满胡茬

一个中国诗人在异国酒吧
找不着厕所在什么地方
男卫生间和女卫生间
对急于走肾的他来说都一样

一个中国诗人在异国酒吧
跟台伯河两岸的姑娘聊着拉齐奥和罗马
她们说讨厌国米和 AC
来自中国的诗人则喜欢他们的教练米兰·昆德拉

一个中国诗人在异国酒吧
搞不清梵蒂冈和景阳冈
圣马可大教堂广场的晚风迎来了鸽子
北京亚运村啤酒花园招来的全是蚊子

一个中国诗人在异国酒吧
把内心献给意大利比萨

在一家日本人开的小银行
他用 100 美刀兑换了 16 万里拉

一个中国诗人在异国酒吧
从威尼斯奔向佛罗伦萨
在暗云笼罩的亚平宁之冬
他把倾斜的心献给比萨斜塔

1997 年 11 月于拿波里

生命的荒凉地带

生命在空气之外
在一片荒凉地带
女人的灵魂被风吹开
飞鸟把天空掩埋

生命在拒绝未来
我在拒绝之外
沿着女人的内在
进入眼泪和热爱

是一条自缢的吊带
比月色苍白
比苍白冷淡
是花环被死亡披戴

生命被光阴更改
大海被沙滩覆盖
贞操与处女分开
那一夜　青春的遗骸

酒的骨灰
秀发的尘埃

是心中涌起的日月
比叹息还低哀

        1998 年 10 月

拉法耶特小屋

晚风中的波士顿
七月的风中吉他
弗吉尼亚的歌手
胡须上长满象牙

拉法耶特小屋
坐满远方的贵族
我喝下一品脱纽卡素
酒精像真理一样严肃

拉法耶特的乡村歌手
幻想着存在与虚无
在月光小窗手抚琴弦
却找不到丹佛的故乡之路

在波士顿不要想艾略特
他买的晚邮报早已暗黄斑驳
贫穷但只要听到风声也是好的
罗伯特·勃莱没白活着

1999 年 7 月于波士顿郊外

回到自己房间

回到自己房间
打开灯
灯熄灭双眼
眼寻找黑暗

人生弱小
空间饱满
在时针的箭上
我被射向明天

风的一角
心已敞开
光阴在磨炼
眼角的皱纹

有人老了
那老去的时间
悠然回转
我出现

2001 年 10 月

枪手

散漫的一击,女人,你阴郁的
文字,像一颗铅弹。你绝望的灿烂
击中我的家园。在你的冷枪中
我粉碎于你的冷淡

在自虐中奋起自恋,那已是
一场陨星与明月的逆转
而你蕾丝的三点,布局优雅
将我逼向苦痛的香艳

将我一枪击中在你的心脏
全城的酒席上是你肉体的风霜
是我,用呼吸封住你的枪膛
你打空的弹壳中有我们的阴阳

一场灵魂的枪战,我们肉体的巷战
在 D 日,在诺曼底的底部,枪眼苍凉
我们火热的精卵在桅杆上披挂。历史
正在恋人的臀部,强行登场

2002 年 6 月 6 日于诺曼底风中写下

献给小汤山

小汤山，九华山庄，六月的夜晚飘着果香
三年前，那个给我推油的女孩哪里去了
她是否已回到衡阳

按摩房一盏幽灯，还没有她的眼睛亮
"强生"牌婴儿油在我后背流淌
她的手像一叶轻舟，从我的后背顺流而下

我说：塞下秋来风景异
她说：衡阳雁去无留意
我们对上了暗号
在推油之中推开人生那扇窗

按摩油侵蚀着我的身体
衡阳女子的指尖有一股暗力
她梳着赤兔马尾，唇彩小红小紫
白色的"李宁"牌T恤风一样招展

她住在小汤山，没见过紫禁城什么样
老问我圆明园是不是义和团的故乡
钓鱼台是不是在中南海的沙滩上

小汤山的衡阳女子,九华山庄的夜晚
三年了,绕指的柔风还在背后激荡
她冷眉间的风霜轻拂着时光

        2003 年 6 月

把酒杯端起来

把酒杯端起来
把架子放下来
在这个喝酒的年代
谁都拒绝喝奶

把酒杯端起来
一直端到杯与天平
明月没有酒还有
明月也有不过你的酒

把酒杯端起来
把人生升起来
别老想回家
谁没回过家

把酒杯端起来
把酒令喊起来
别老学李白对影成三人
妹妹就咱俩没第三者

      2003 年 7 月

贝加尔十四行

那颗中毒的心,正为语言输血
那些等待营救的灵魂,苦于无解
九月的贝加尔,俄罗斯的锋芒
一个力量的世纪在这里倾斜

比海洋还深刻的湖水,比眼泪
还荒凉的下坠,我像青春一样激烈
在拍岸的孤情中打开诗集
打开你,心尖上那枚孤月

衰草中掩埋辉煌的过去
而未来,正以大片哀歌
追赶历史。你在我骸骨上盘旋
我在你的残杀中束手无策

飞进我的诗歌,女人在风中顿挫
我让这文字深达你们的骨骼

2004 年 9 月于西伯利亚伊尔库茨克

废墟三里屯

灯火街心，丽影朱唇
那些女人开始怀春
那些男人试图勾引
三里屯，北京三里屯
月光下苍白的人群
陷得很深

漫起的衣裙，沾满了金粉
女人的心说变就变
男人的心说狠就狠
三里屯，朝阳三里屯
酒杯中的柠檬
有新添的泪痕

风花雪月早有离分
前生今世早有定论
三里屯早已是一片红尘
红尘中早已是一片浮云

2005 年 2 月

烟蒂摁在烟缸里

烟蒂摁在烟缸里
你摁在我心里
滚烫的烟头
直向我杵来

你问我疼吗
我说不疼是孙子
你说那你干吗还让我摁
我说你不摁我自己也得摁

我天生自虐成狂
喜欢心中有伤
还不如你来摁
因为你手法秀丽

你说就喜欢摁伤口
因为伤口像莲花
在伤口中寻找佛
才能遁入色空

伤口是心的入口
也是精神的出口

在伤口中活着
跟伤口一起烂

烟蒂摁在烟缸里
你把我摁在手心里
你摁我的手形那么美
美如一弯新月

      2005 年 5 月

芒果十四行

你唇间含着一枝光阴
你发际的风,胸中的梦
高出海洋的生命
白云,正一滴一滴降落

只属于心脏的心灵
只属于人类的人
一枚太阳穴飞向太阳
一个女人,离开被岁月排斥的男人

红色芒果,内心雪白
蔚蓝笑容拍打海浪的锋刃
明天归于生活,你归于你
那有家不归的是丧失的精神

宛若被海水洗劫的处子
你奔放的哭泣,冲垮了现实

2005 年 7 月

丁香以北

——致丹妮卡十四行

你哭,哭泣的锋芒,在于
割碎。扫荡我破败的光辉
丁香以北,园林荒废
曾经飘扬的山水,一夜败北

曾经凛冽的北风,把北摧毁
现在是我们,只差一丝明媚
就能绝地枯萎
鲜花怒放的掌心,指间是灰

丁香盛开之后,你远走他乡
我追到他乡,你追向月光
我们之间是距离的汪洋
我们是臭味相投的芬芳

站在你背影中
我的背影,阻绝悲痛

2005 年 8 月

沐浴十四行

你瘦,瘦到一种忍受
让我在九月想起你
九月的最后一天
阵阵秋意,焕发千古醉意

腰肢横亘江山,你横住我去路
我的思想在你目光中集合
声音害怕沉默,我张扬夜色
那是北斗星照亮的女色

当你踩了一脚离合
我们就聚散离合
一股风情无风而起
一种怨,屹立地平线

在你脚踝的关节
我是人杰

2005 年 9 月

成为爱

突如其来的打击,让你们成为爱
成为受伤的时代。那些破败的蒿莱
在风中低舞,那些枷锁中的酷刑
被冷血断开!簇拥着,那些无法做的爱

那些历史,在酒杯中畅谈
那些性命,在性交中长叹
人类如丧家之犬,动物如无业游民
落日与残月,欺凌着地平线

岁月的头盖骨,梦想的腋下
那骷髅,连接着肉体之花
在思想成为液体的时刻
爱情有一种粉身碎骨的毒辣

所以,至高无上者成为爱,成为
最高的尘埃,成为爱抚留下的悲哀
恋人的精卵在冰火中腾飞,你们
成为爱,成为不可更改

2006 年 10 月

切碎十四行

——献给土家族姑娘海容天天

被打开的时间，被阻断的空虚
冷漠的潮汐在红色里聚集
被囚禁的鸽子，在内心飞舞
一个残缺的真理，在脚踝处啜泣

我负责灵魂，你主持呼吸
在思想的子宫中切碎一首诗
生命无须出口，天性勇敢自闭
你是精神死角中一片羽翼

升起来，五月的皇后，刺目的星辰
我们跟随你闪亮的乳房追击
这力量的隧道已经贯通，这人类
已在你的赤裸中沉入原始

压住生命，苦痛中升起颓败的青春
一片肉体横扫斑驳的年轮

2006 年 11 月

杀出个灵魂

灵魂的三角洲,一望无际的酒肉
压倒河流。语言的中轴,爱情的铁锈
盛大的逃婚宴席,白云出席
破败的日月,我们杯中酒

杀出个灵魂,杀出岁月的污垢
杀进正义的歧路,在绝望背后
情人的毛发高耸,呼吸的花朵腐烂
无人能在罪恶中坚守

你必须苍白,眼泪打开要塞
一代英豪自通奸中归来
你是我要的人,你是我咬进牙齿的爱
你是我头顶的阴霾,肩扛的后代

你是,我也是,你我都不是尘埃
尘埃只属于风尘,我们属于挫败
在多情的世纪,任凭无情决战
我准时抵达你遗弃的苦海

杀出个灵魂,灵魂直封咽喉
太阳直下鸿沟

悲风中我招回你的影子
大雁下我坐饮深秋

2006 年 11 月

十一月的故乡

十一月的故乡，一阵秋风
让我丧失立场　辽阔北方
始终面临南方小资的勾引
一道文艺的创伤，在酒杯中嘹亮

十一月，我走向荒弃的心灵
用文字送出上世纪的残酒
严寒即将来临，在被冬天压倒之前
在被寒风偷袭之后

我让语言牛逼成一块肥牛
将情人锤炼成变态的高手
你要在生命的底线仰望
在与我的交会之地——镇守

来吧，祖国花朵般的情人
你的忧伤伤及我的自由
我是如此专横，如此霸占你的咽喉
你的呼吸只能有我一种气候

十一月的故乡，击败十一月的肖邦
诗歌的冷光刺痛你的眼眶

留下来！你这被艺术错位的女人
我带你走向二十一世纪的空旷

2006年11月

手势

看清我的手势
这是语言的暗示
也是我提取你精神的
动力
在北京城西的草地
我塞进你怀中一颗心
在你遗落的发卡中
别着一首诗

2006年11月

天蝎十四行

把秋天送进冬天，天蝎
这不可抗拒的使命
把女人献给神，然后
成为孤家寡人

天蝎，呼吸天堂的风月
自残中把爱打成死结
败北的天蝎，孤绝于惨烈
高傲于面无血色的冷血

天蝎，黄道第八宫
婴儿般新生，老年一样传统
叛逆在每一个夜晚
奔走于日出与日落的巅峰

形而上的天蝎，这是你
粉碎而圆满的时日

2006 年 11 月

江河在这个夜晚开始日下

江河沿着落日
落日沿着月亮
我沿着你的呼吸
你沿着我的文字

生命都是从上往下
灵魂都是从下往上
你妈生你
从里往外

这个夜晚的江河
这些被风吹散的歌
这些人
心中的赤裸

江河在这个夜晚开始日下
你在这个夜晚开始做爱
你在江河中做爱
江河是你的双胎

跟我一起追击未来

2006 年 12 月

我们往家的方向走

我们往家的方向走
家已被风击碎
我们往酒馆里走
酒已刺伤了胃
我们往语言里走
语言已经有罪
我们往爱情里走
爱情已经败退
我们从死亡往回走
死亡已经成灰
我们从子宫往外走
子宫展翅高飞

空前的流浪
是我们生来的绝唱
不朽的锋芒
是我们带血的心脏
家园已经荒芜
岁月已经飘荡
我们合手闭上你的眼睛
已将光明埋在你的故乡

2006 年 12 月

夜色正牛栏山

夜色正牛栏山
红星闪耀情欲
流淌的五粮液体
漫过初出茅台第一夜
啊,那剑南春的使者
四特不靠谱的红颜
冰穴胭脂身陷泸州老窖
今夜的水井坊淹没了贞洁坊
国窖 1573 随风而散
你正涅槃成一只西凤
我在一口古井中向你贡献
那蒙古的王者
那草原的白云
在浏阳河畔抚琴
在北大仓廪文章
我用高沟填鸿沟
事业铺开华彩的双沟
从金六福的福址上
升起伊力特的雄鹰
自板城烧的烈焰中
飘出杏花村的酒旗
在白浪滔滔的洋河深处

酒鬼化作水鬼

在你五粮春的春潮中

我夺取北京醇的纯贞

在杜康化作糟糠的一夜

我们喝完汾酒就分手

                    2006年12月

写给一个女人的圣诞

自从有了风
你便在我精神里吹拂
自从有了海
我便在你泪水中沉没

时间带走你
我绕过时间追赶你的脚步
空气开启你
我把你顶在舌尖呼出

异乡的圣诞
我为你打开酒
打开一道变异的伤口
在满嘴酒气中将你蒸馏

夜色凌乱你的长发
鲜花在拂晓前碎裂
这是 2006 横空的月亮
这是圣诞节遍地的香榭

2006 年 12 月 25 日凌晨

物质力

精神风起,天压低
环形的水漾动,清澈着理智
在内心的最内侧,堆起风景
历史,被现实反戈一击

我们留在月亮上的文字
已变成颗粒,变成漆黑的痔
像理想一样伶俐,我们睡在
空气走廊,占有真理的下体

明天我们醒来,看见身边的女子
她们眼中的质疑,像背离乳房的胸衣
这是无法操守的一夜
岁月射出的精子,正奔向天际

于是我们起身,诗歌的后裔
却将诗歌本身,连同女性遗弃
风吹开你的内心,我正在
你的叠翠中,抢占灵魂高地

物质力,事物的魄力
延伸至对肉体深层的打击

我们迈入清风的一刻
就在你长久回眸之际

2007年5月4日

疾走中的女人

日耳曼的风中,你步履加快
德意志的夏季,你行囊装满
卡塞尔大学的午后,一束真理
把你的灵魂拦腰斩断

科隆巴赫啤酒,富兰西斯卡娜小麦啤酒
与灵魂形成对饮,倒映出肝胆
童话1001吹响了水晶的麦芽
在女人的背后,是时间的喷泉

疾走在欧洲中部深深的心脉
柔弱的锋芒,摧毁刚强的刀剑
置身富尔达河畔的东方女子
一脚踏中命运的罗盘

疾走罗拉,身后带起精神的狼烟
前方是透明的苦难,内心是绝唱的空弦
世界被你一脚踢开,生活被你一掌击碎
你那带着月经的闪电,正红遍群山

2007年6月

"命三"交响曲

不是贝多芬第三交响曲的"贝三"
也不是贝克汉姆第三弯刀的"贝三"
而是中国女人中的"命三"
命运三女神,握住德意志的瞬间

六月盛大的童话,直逼卡塞尔的灵魂
中国牛逼的神经,打通日耳曼的精神
我们在北京空坐了一个夏天
为了在格林故乡找到一片单纯

从通州到欧洲,我们有多轴
从天通苑到修道院,我们有多怨
在人生的转折点,我们的命运有几点
在他乡的梦乡中,我们的梦境已翻篇

命运自三位女孩手中杀出
带动黑森州的绿洲,盆地中的风骨
在欧罗巴的六月直插岁月的崩溃处
我们在崩溃处,扫荡历史的粪土

2007年6月24日

夏天是你苍白的季节

春天已碎裂
夏天是你苍白的季节
忧伤在舒展
清风是你佩戴的明月

你独立，双乳高过信仰之峰
内心转战灵魂的苦梦
一阵疾雨，打击着故乡的蝴蝶
蝴蝶撞响历史的沉钟

夏天是你苍白的季节
哭泣是你索要的黑夜
在亲吻背叛嘴唇的一刻
你被正义污蔑被谎言涂写

被爱情击沉的女人，被月光
照亮，被精神释放
被酒精击中心窝
你深陷于被男人架空的温床

2007 年 7 月

大酒十四行

那些老干葱,见面之后依然肝胆
那些美少女,举杯之际绝对坦然
苏东坡把酒问,问了半天也瞎问
李太白停杯问,喝完这杯还喝吗

从东大桥到白石桥,普遍都风骚
从无间道到马连道,基本都离骚
李清照,准备去跟谁明月松间照
张爱玲,铃儿被迅雷不及掩耳盗

别老说我老了,我们能有历史老
别老说你还小,你们能有胎儿小
酒桌上端起酒,老少贵贱一起干
沧海中遇桑田,人生重任都在肩

一场大局作鸟兽散把风云都惊散
鸟没散兽没散人没散心已随风远

2007 年 7 月

江湖是一片好江湖

没有江湖,就没有诗
没有岁月,就没有月
没有情人,就不是人
没有灵魂,啥都不灵

江湖是一片好江湖
江湖是一首写不完的诗
我们是一帮坚定的混混
此刻,正打击明月

江湖是一碗酒,一枚细小风尘
诗歌是我们的 DNA,女人是我们的 CEO
我们于天地之间传递一杯酒
寻找上个世纪错过的女人

我们在江湖战斗,在战斗中苍老
我们把江湖当成西湖,当成诈和
江湖更需要人格
但我们的人格,往往出格

2007 年 7 月

九霄十四行

从霄云路到九霄,从八千里路到通宵
酒在高,人在啸,夜风压颓我们的鬓角
我们三十好几了,四张出头了,半百快到了
比历史先一步衰老,把历史压进下水道

九霄,像一把飞刀,宛如灵魂的老巢
坐中的女子正将媚眼与经典轻抛
有一杯酒,叫长岛冰茶,有一位女子
往芝华士中倒进绿茶,说这就是海边的卡夫卡

我们在九霄,喝了九个通宵
我们在道可道中认出回家的道
有一种牛逼打上历史的烙印
有一片衣袖阻挡过历史车轮

百舸争流,千帆过海,我寸步不行
你们远去,我留下,数着横陈的酒瓶

2007 年 7 月

后青春期病症

女人,你们二十二三岁,开始拧巴
像那些花,非跟叶子一决高下
你怎么就怀疑人生了,我不明白
你怎么就把北都得罪了,跟时代拼尴尬

我们的发情期献给了祖国的四化
你们的青春期被网络细化
那 80 后已集体撞南墙
那五环外已是灯火万家

青春刚刚发芽,已被后青春掩杀
自恋与自残夹击着稍纵即逝的年华
一个没谱青年走向后海的落日
夕阳都西下,你干吗不顺坡下

鲜花与掌声,落花与寂寞
你赤艳艳孤零零走向挫折
更大的挫折在远方列队欢迎
把你的一腔热血化成沙漠

2007 年 7 月

美丽的怀疑

你在怀疑
那段历史
那被历史
淘汰的艳遇

我在主持
你的叛逆
那被叛逆
强调的诗意

我们坚持
一种内心
那月亮盘旋升起
那岁月在你发际

那天下雨
那天迷离
你冲向我怀里
逼我放弃真理

2007年7月

签证日

东直门外大街,一个春天
在我们的签证上留下轻烟
四月花开的北京,一场大酒之后
我们面见签证官

跟德意志拼意志
跟日耳曼比浪漫
条顿骑士无比彪悍
骑马打仗我们从小就玩

我必须去德国
我的人生从不被拒签
我也必须返回祖国
叛逃属于丧家之犬

德意志,我如期而至
中国,我安然返回家园
从卡塞尔的风雨之夜
我带回童话的一个片段

2007 年 7 月

你在我灵魂中裸奔

那一阵躯体的雷鸣,轰垮了白云
肉感的颓峰,逼着时光仓促转身
你在我灵魂中裸奔——
精神无须干净,存在已很致命

腰肢被空虚勒紧
肌肤被泥浆歌吟
思想在崩溃中横陈大地
你在我精神中裸奔!

季节的悲风
你来自炫目的黄金
阴影的家园
你在我语言中裸奔

一个时代的残情,拷问你的双臀
你在我沧桑中裸奔!
气绝于语言的空无
重生于幽灵的绝伦

2007年8月

秋日打击

在阳光的碎裂中死神登场
在血肉的披挂中灵魂惨叫
九月的高空
阴影直扑大地

被仇恨打掉的胎儿
被山河掩埋的神志
这个秋天
噩梦般苏醒

需要哭泣的时候已无眼泪
需要空气的时候停止呼吸
这个秋天
横遭打击

一片废墟的眼帘
高挂秋天的白云
在死亡的召集下
我们高傲地缺席

2007年9月11日

本楼停电

夜十点
黑暗准时降临
窗外的微风
在路灯的陪伴下
显得楚楚动人

我向黑暗中
退去
深深退向
黑暗心脏
那片鲜红之中

对面窗户的灯光
亮得有些残忍
分明是在
挑战我的双眼
双眼不肯闭上

万家灯火
助我阑珊
隐居在黑暗中
进入黑暗天堂

2007年9月

老师你好

我的老师
你越来越老
我比你年轻
却比你还老

老师
你越老越美
美得像一种好
老师你好
你要老得像
一个老师

秋风之中
我们都老了下去
老师
你在我的灵魂中
急促衰老

我的灵魂
从各个角度
审视着
你的衰老

对不起
只能这样了
我们都会衰老
我们都会老得
动不了

我们都有
被历史埋入的
那一天
在历史的尘埃中
抱头痛哭

        2007 年初秋

醉生

今晚,灵魂压住酒
精神刺向虚空
你自内心打开缺口
从血肉中突围

盛大的颓废场面
把你逼入半裸的芬芳
一个男人弃你而去
你却守住这个世纪

爱情在忠贞中失贞
生命在醉生中重生
可用目光
丈量死亡

2007 年 11 月 14 日

我只能悲伤地跪在你身旁

此诗为中国文体明星北京奥运宣传助威团 6 月 7 日上海虹口体育场赈灾义演而作。

在已减轻的痛苦中,痛苦更加深刻
在已模糊的记忆中,记忆更加残酷
在春天最初的微笑中
灾难更加恐怖

一个生命伴随另一个生命而去
无辜的人类在死亡的地点聚集
他们突然丧失人生,被黑暗拖走
被封死在自己的内心

垮塌的家园蒙上死者的眼睛
而我们,仅能用光明为他们巡游
天上人间的同悲之日
我们不想让他们走

想让他们说出最后一句话
看一眼他们最后想看的人
死亡拒绝了这起码的要求
我们空寂的心啊,将他们强烈挽留

记住一个春天昂贵的代价
我们活在死者死去的地方
仿佛听见你还在地下呼吸
而我只能悲伤地跪在你身旁

2008年5月19日国祭日

给我一个悲伤的姿势

给我一个悲伤的姿势
两片嘴唇抿住的泪滴
春光如此残忍的时刻
给我那双，深陷黑暗的眼底

给我嘴唇中的呜咽
被风雨无辜撕开的衣襟
而你在泪水中清洗灵魂
给我那颗，一夜破碎的心

给我一击，离去的亲人
死别的眼角拒绝我的深情
给我一个无家可归的路程
心这么冷，生命这么孤零

什么都别给我，哭泣着离开
我沦为你泪水下的尘埃

2008 年 5 月 21 日

乡村杀气

九月秋高气爽
酒杯的忧伤指向远方
灵魂异常虚弱
手中的月光冷得像霜

情人的内心有一团杀气
爱情脱离了爱的本质
在故乡的痛苦中
你面对的是分离
在情人的残忍中
你忍受着敌意
一阵西风就要扫荡家园
你就要孤独无力
承受情人刺骨的打击
战败在她的旗下

情人的内心有一团杀气
你被无情冲击
抛向这个世纪
你的力量在绝望中空虚

2008 年 9 月

后三里屯十四行

三里屯离东直门三里远
岳飞距云和月八千里
六里屯比三里屯远三里
秦桧比岳飞差一生

周杰伦的七里香
开在三里屯四里之外
80 后女孩跟我
差着二万五千里长征

十里河与三里屯差七里
十八里店与三里屯差十五里
这辈子跟下辈子
差出飞流直下三千尺

每当我凌晨回眸三里屯
百尺竿头，望而却步

2008 年 9 月

病毒十四行

你经常在电脑上晃点我
要我打开你不慎流出的病毒
只要不是梅毒,什么毒我都敢打开
因为我深陷孤独

天高云淡,淡到家还是扯淡
百年孤独,独到底还得入土
风自侧翼展开你的人生
直逼你灵魂的深度

那个天马行空的夜晚
你让我感染病毒
一匹木马插入我的咽喉
我在虚拟世界彻底无助

我天生就喜欢被感染
这样才能跟你有染

2009年1月

我的语言为你打开日子

我用语言
打开你的日子
你用眼帘
关闭我的语言

在一个下午
风停在你的肩头
你有力的灵魂
成为我的港口

我用语言
展开你的伤痛
所有的喘息
都是你的风

在语言 180 度的切换中
我把你抛向夜幕
迫使你跌进虚无
再被诗歌接住

2009 年 1 月

我已经跨入牛逼的更年期

牛年,我跨入牛逼的更年期
眼前是缤纷,远方是杀气
迎着爆竹的最后一击
我将诗句从酒杯中捞起

不差钱,也不差灵魂
只差我曾经的情人
北京的冬天向醉意中深入
一枚酒精,如此单纯

我与梦想一战,不分伯仲
我与时代一夜交欢,仅剩虚荣
更年期的狂热击倒了寒冬
一列沧桑大军扭转了时空

生命在溃败中延续
就算内心全是废墟
我仍留有一丝苦笑
来应付残局

岁月的更年期
开满鲜艳的风信子

流星与流氓在夜空撞击
产生不灭的轨迹

2009 年春节

第一首诗的狂妄

语言的制高点上
第一首诗的狂妄
并且冷血。在岩石间
对天张望

第一首诗,陷入绝望
无法穿透紧闭的门窗
可是翅膀率领身体向前
迎候绝唱的乳房

从两肋迫近心脏
第一首诗,单调而膨胀
带着粉碎的形态,你的
字句,撕开一个方向

你冲进我,求生的战场
命运亮出惨烈的锋芒
这一刻,天风追击地脉
第一首诗,镇守着家乡

2009 年春节

华丽的情敌

你居高临下,山河尽收眼底
你回首空虚,情敌四面夹击
在你一生之中,你去爱,却被
粉碎于爱,被拦腰斩断!

你自月明星稀
坠入月落乌啼
岁月分开你的两道眉宇
情敌封锁你的每条巷子

你忧愤于家中。记得那是一场风
拂进你的心胸,集合起所有沉钟
你要敲碎一个情人的心胸
哪怕是虚空

情敌奔向你,奔向你身后的要冲
从两翼展开对你的围拢
华丽的情敌,她们训练有素
将你置于短兵相接的遭遇战中

2009年情人节

末日情斩

情人是铁,我是血
性交是明月
精神是分裂,缘分是离别
你是纠结

人是豪杰,色是戒
天涯是悲切
舌尖是唾液,咽喉是哽咽
你我是一夜

江湖是界,家是穴
柔情已轻叠
出轨似飞雪,出墙如蝴蝶
人生正摇曳

天地岁月,光阴佳节
消魂在宫阙,野合于山野
生是造孽,死是寂灭
花开是凋谢

2009 年 4 月 1 日

一首诗切碎

一首切碎的诗

切过心脏

切过左动脉

切过蓝天

一首切碎的诗

切碎灵魂

切碎太阳

切碎血泪的眼睛

一首诗切碎世界

切碎了歌厅小姐

一首诗切碎纪念碑

也切碎了对你的口碑

一首诗切碎

另一首诗

每一首诗都能切碎

你今晚的沉睡

2009 年 6 月 3 日

有风

心已经安静,但是风吹来
风已经停息,但是心开始不安
生活已走向很远,时光苍白
我们就要老了,但是勇气还在

心已经平和,但是风吹来
昨天已跌入尘埃,今天又活出失败
但是内心有风,生命直指苍天
我们就要走了,与世俗分开

但是风吹五月花开鲜艳
我们就要远离极端
与物质团圆,和精神共勉
风吹五月花开鲜艳
我们就要走进圣殿
与艺术晚餐,和灵感交欢

2009 年立夏

我的哥们昨天死了
——悼梁建

我跟他一生见过三面
两次杭州一次北京
你妈逼我的哥们昨天死了
这是我对他死亡的咆哮

1991年在杭州初遇梁建
一顿大酒连着一盘围棋
梁建棋风彪悍,我们通盘大杀
直把西湖杀成江湖

2004年在杭州再遇梁建
酒依然未减云有些飘然
我们不下围棋而打乒乓球
仿佛回到少年宫的年代

2009年在北京三遇梁建
我们在三里屯喝着小酒
他说找一天我们好好下棋
我说找一天咱们好好聊诗

我们约定了一盘棋却没有布局
生命直接到达中盘

死亡却强迫收官胜负立判
他用最后一枚官子击败我的感官

2010年1月21日

中轴线上的炸酱面

鼓楼它坐南朝北
位于地安门外大街北端
北京人找北
一般都来这里
这里有一条中轴线
象征六朝古都的文化轴心
所以北京人也很轴
晨钟暮鼓几时鸣
文艺青年经常聚

一个超级大国
拜访北京小吃
中轴线上
炸酱面飘香
立秋后的北京
高挂艳阳
美国副总统拜登
他再拜也不会拜拉登
还有老把自己打扮成
街头闲汉的新大使
面条怕吃不饱
还点了一些包子

拍黄瓜、拌山药和土豆丝
他们没有点炒肝
看上去还不想跟我们
肝胆相照

中美目前的关系
就像这顿家常菜
不能往贵了去
只能玩点实惠
副总统买单不忘给小费
这符合美国国情
中国国情照单全收
以前是乒乓球外交
而今是炸酱面外交
总之得外焦里嫩
别忘了门口有岗哨
你要赶过来看热闹
准会被大兵撵跑

2011年8月18日

一首诗的开始
——给冉宝二十二岁生日

在你出生的九十年代
我已横扫红尘
现在你将我召回到星辰

对你的狂奔终止于月明星稀
我高悬的孤魂
对天边的你意犹未尽

虽然你不作声
自然已发出天籁
今夜在你耸起的胸脯上有动听的回声

在八月的某一天
夏日最后的炎热,被你清凉的灵魂驱散
我在北京,对你满怀深情

我化作另一个我寻找你
比原有的我还要深入几分
一路收藏被你遗洒的光阴

2012 年 8 月 27 日

我用啤酒喂养我的膀胱

我用啤酒喂养我的膀胱
用失败
树起光芒

我用灵魂加固我的脂肪
用叛逆
扶植理想

我用绝望壮大我的力量
用情欲
渗透时光

我用世俗扩张我的名望
用社论
宣传榜样

我用脑残开辟我的疆场
用诗歌
刺杀心脏

我用历史装扮我的模样
用谎言

贬低真相

我用黑暗指明我的方向
用牺牲
决定立场

我用爱情镇守我的前方
用泪水
模糊眼眶

2013年1月1日

今夜我写最冷的诗

今夜我写最冷的诗
今夜,最能体现
我的忧伤

今夜我把诗写成创伤
创口开得老大
里面涌进月光

今夜我有很多苦衷
来不及诉说
就被沉默逼进角落

我无法决定今夜
决定灯光
是否一定要熄灭

我无法折断人生
因为骨骼
已经支撑起诗歌

我无法走出困境
困境中的精神

在对我嘤咛

今夜我写最冷的诗
把诗写成寒冰
我给你的词

已经冻僵
你给我的爱
扔在别人床上

       2013年1月

浪人情诗

虽然如此浪费感情
但我还是强调
可以跟你共享一生
即便如此虚度光阴
但我还是决定
与你携手走过一程

即便你出轨了
我也要在你出轨的地方赶走别人
即便你出嫁了
我也要在你出嫁的时刻做出牺牲
即便你出家了
我也要在你念经的寺院买本佛经
即便你出柜了
我只能默默接受现实却不愿承认

因为你就是带着千种错误来找我
因为你就是带着万般伤害来爱我
因为我天生就是一个浪人
最好能跟你成为一对恋人

2013 年 2 月 14 日

最寒冷的冬天

最寒冷的冬天
寒冷的眼帘
冷的脸
脸上被潮红映亮的雀斑
我们一分钟都不愿停下地
做爱

就像一束光线
把命劈成两半
就像一个爱人
把爱撕成碎片

最寒冷的冬天
寒冷到只剩裸体
裸体到只剩心脏
只剩心脏
心也不脏
因为内脏在歌唱

生命只剩时间
四季只剩春天

我只剩下你
呼吸只能压住长叹

2013 年 2 月

灵魂在高处

高飞的鸟,穿透云霄
低处的风,掠过芳草
我被鸟提升,飞向苍茫时空
我被风带动,返回凄迷古道
斑斑世俗滚滚尘嚣早已淡忘
攘攘人群营营利禄可以轻抛
断鸿声里江山一片空寥
归雁阵中苍冥如许浩渺

我的灵魂在高处
与人生不同路
我的羽翼在天空
与尘埃不为伍
灵魂在高处,人生在别处
精神在空无,肉体在飘忽
语言在飞舞,内心在疾呼
传统在模糊,观念在冲突
我遁入
灵魂深处

2013年3月

旅马之歌

这午夜的酒,惊动了乡愁
仓皇唤起孤独的症候
不知怎么就被时光
抑郁在酒桌上
在朗姆与龙舌兰的结合中
生出纯正的忧伤

进了旅马,直奔酒
间接奔向女人的眼眸
其实冷月已擦伤风的颧骨
内心已被切断后路
但是坐在炭火前
我尚能将杯盏稳住

酒里有诗的节奏
有划破神经的刀口
在消沉之夜轻抚民谣
或是疼痛电子的奇异格调
每一次黑暗的归途
都有星月高照

2013 年 4 月

在束河古镇读诗

束河古镇上
总能遇到一些古意
古意与酒意相遇
产生了诗意

青石板路旁
溪水带着日影长流
纳西族的七星披肩
纵贯出日月经天

我以忧伤高悬内心
迎候女子的曳地长裙
旧日回廊迎风处
有被伤痛撩开的衣襟

我用一首诗追赶岁月
这首诗却在途中
和一个女人私奔
迫使我江郎才尽

高峰之下的村落
灵魂坐东朝西

人脉条理清晰
呼吸长接地气

在四方街
我的诗响彻四方
这样流水落花的集市
星河向我云集

把诗读到黑暗中去
读进痛苦的病里
每个束河深醉的夜晚
我凌乱出一股张力

2013 年 4 月

不断地加入

不断地加入，加入其中
加入到最后，灵魂出动
以一种痛苦制服了虚空

不断地空出，空出时间
空出人生宽大的正面
一系列罪恶中空出了罪犯

不断地加入，不断地空出
加入多少，就会消失多少
失去多少，就会弥补多少

加入与空出，存在或消亡
月光将黑夜丈量
词语把梦境划伤

2013 年 5 月

不是什么好诗

不是什么好诗
只不过
它叫诗

它叫诗的同时
也在叫你
把你叫得不好意思

因为你不配叫诗
诗里没有你
诗里只有诗

但你想成为诗
成为诗一样的诗
可惜没机会

但你不气馁
到处打听诗
最终成为诗

2013 年 8 月

致全勇先十四行

于是夜晚刚进入阑珊
灵魂狭小的空间,畅饮无限
你说东北一望无际
我说北京,缺乏震撼

任何事,任何人,任何一种难堪
都因为太追求场面
回到渺小如初的人生
我们在自己面前无敌,并且高耸云天

与历史错开,与江湖再战
把生命压在命运下面
我们天生人子啊,虽然有些落魄
但内心可囊括九百六十万江山

就这一杯酒,逼出邪气浩然
将天涯挫败成千古遗憾

2013年8月25日

致臧棣十四行

我写的诗，有些婉转
婉转得像一只碗
里面剩些残羹冷炙的语言
还有不修边幅的概念

你写的诗，像教科书
比语法更有逻辑
总喜欢击倒一种理论
再将其扶起，炮制

我们这些将文字
活生生腰斩的人
擅长玄学，修辞学
用冷血降低诗歌的体温

在梦中意外地醒来
在时间中果断离开

2013 年 9 月 5 日

致丁太升十四行

郁闷横飞,九月的斜晖
普照内心的狼狈
你在小桥流水之畔迷失归途
我在秋高气爽中酩酊大醉

一把鼻涕一把泪
一寸年华一寸灰
在北京,多少栏杆
苍茫中拍碎

入秋以来,时光频催
生涯在秋水中倒垂
从酒杯中溢出的颓废
在晨露中焕发苍翠

与秋风携手上路
无尽孤独,直下荒芜

2013年9月13日

致门欣熙十四行

秋风沉落处,天涯同哭
年华渐老时,风动花竹
以一首诗、一幅画、一杯酒
决定江湖

沧桑泪流中,风云凄楚
阴晴圆缺时,须敬万物
将一把泪、一阵雨、一片天
送给苍鹭

群山环绕内心
内心挥霍无度
最潦倒的那一刻
我们不忘为争一个女人吃醋

人生世态,没任何把握
有把握的是,顶着死亡去活

2013年9月21日

是的，秋风

是的，秋风
逼我苍老许多
有神一样的堕落
酒一样的哀歌

是的，秋风
一阵悲凉吹过
一片苍茫掩过
掀开我心魄

是的，秋风
正中我内心空落
和往日过错
吹冷我

你无尽房车，我只剩山河
你满堂玉帛，我只剩诗歌
是的，秋风
吹冷我，让我哆嗦

2013 年 9 月

无限的诗歌在有限的空间

无法承受语言的消解
以及鲜血的倒流
夏日的一场苦雨
将我们猛然击向深秋
在天空最淡的云中
涌起撩人的哀愁
像一把刀切在燥热的动脉
同时封住历史冰凉的咽喉
而我坐下
得到一杯酒　震慑着

无限的诗歌在有限的空间
打开一束光线
在生命拥挤的夹道中
擦肩而过的人全是背叛
用词语与世界绝情的时候到了
景色都站在灵性一边
叹息般的落日
震慑着每个夜晚
而我站起
匆匆掠过长烟

2013年10月3日

致张弛十四行

大酒传唱,酒精被灵魂压住了锋芒
先干为净,逼格在苦逼最深处闪亮
指向沧海,海水是永远痛饮的原浆
回到家乡,残余的精神飘零在上苍

生涯到天涯,多余的才华一字排开
人间到仙境,敏捷的思路飞驰而来
语言到空无,频频命中生死交叉点
生命到乌有,坚持活在现在和未来

一杯酒贯穿唐诗
一阵风扫荡宋词
一滴泪湮灭自然
一片云彻悟天意

从木樨地到钓鱼台的风中
从世界观到方法论的美梦

2013年10月15日

每当我在醉生梦死中醒来

谁知道我杯中酒荡起的是哪一道风云
谁知道我座上客宴请的是哪一位嘉宾
每当我在醉生梦死中醒来
只剩下衣衫褴褛的灵魂

你攒足眼泪向眼眶飞奔
你梦想未来被现实围困
每当你在醉生梦死中醒来
沧桑正把秋色平分

我喝过的每一杯酒都青史留名
我爱过的每一个妞都温暖如春
每当我在醉生梦死中醒来
红颜不许有一丝风尘

你在绝望中发现人生
你在幸福中忘却苍生
每当你在醉生梦死中醒来
落叶盖满一身

2014 年 5 月

致黄燎原十四行

怀旧成魔的时候
落叶开始翻篇
一阵秋风过后
有人已经断片

大口喝酒的人
苍老在醉意中
用力做爱的人
消失于无力中

拥有撕逼的灵魂
还有糜烂的诗文
今夜人类屏住呼吸
盯着你满血狂奔

月色照亮了风尘
白发认出了故人

      2014 年 8 月 8 日

海拔三千

寻找七月雪莲
八月覆盖着一层睡眠
遥远的一片,天空下的盐
最原始的坦然
迎着粗粝的风声
内心发出动听的呼应

登上青藏高原
俯瞰灵魂平原
海拔三千,每到一千
便成一仙。海拔三千
拔起的是秋高万仞
和一颗心的绝尘

2014 年 8 月

晚安

接近傍晚的时候
我就向你道晚安
我怕晚上因琐事
错过跟你道晚安
我不安

更怕与你道过晚安
我仍旧不安
其实晚安没有晚安
因为每个人的夜晚
在不安

你在每个夜晚需要扶持
希望我在你身边
我不可能在你身边
我只能在我身边
等睡眠

我们不可能睡去
也不可能相伴
只能用晚安让对方稍安
所以每道一声晚安

很木然

正如早晨没有晨安
夜晚也没有晚安
每一次道出的晚安
都在心中鼠窜
已疲倦

2014年8月

雨和另一种心情

上一次听到雨声
我的手里
还有一条亚麻色的
棉麻发带
发带上缠着几缕
巧克力色的发丝
上一次你带着
轻微的咳嗽
在转角咖啡屋
与我会面
你的脸上泛着
暗铜色的幽光

在细雨绵长的午后
每逢我说话时
你便开始咳嗽
用咳嗽声压制我的话音
雨声又压制你的咳嗽声
我噙着你因咽喉肿痛
而被阻滞的呼吸声
并且探望你的心声
然后我在你

内心一阵长叹
你终于止住了咳嗽

后来再听到雨声你已远在
大理的一处庭院
跟我说在读辛波丝卡的——
《颂扬自我贬抑》
我在转角咖啡屋
独自敲着咖啡杯
试图寻找你从前咳嗽的节奏
节奏中闪出一位苍白天使
眼光迷离阴郁
嘴角悬着血丝
锁骨像镀了一层银

2014 年 9 月

此时：夜

此时，夜——展开想象
想象那些失去的日子
而今夜单纯
纯得像失去的爱

纯得像一段无疾而终的情感
而你被感情污染
污染成尘埃
我是你尘埃中扬起的雾霾

一些无法确定的事物
在这个夜晚被明确
呼吸从何而来
从你被茫然击穿的肺

你口衔时光
追逐一颗跃出心灵的心
此时，夜——失去失眠
无法将你载入白昼

2014 年 10 月

地铁开向地铁

地铁六号线
我上车
去南锣鼓巷

在青年路上地铁
上了地铁
发现地上没有铁

地上有地
我一脚踩在地上
地疼了一下

一个老年人
在青年路上地铁
他曾经青春婉转

他就是我
手里有张蔚蓝的交通卡
足以击败雾霾

还能召唤大海

地铁开向地铁
内心驶入内心

2014年10月

那里，活人们活着

那里，活人们活着
那里，死人们死着
那里，哭者哭着
那里——
活人、死人、哭者
一起笑着

那里，活人们死着
那里，死人们活着
那里，哭者笑着
那里——
活人被死人
冷笑着

2014 年 10 月

小到只剩下一首诗

小到只剩下今日
只剩下你
只剩下可以让我
进入的缝隙
小到我身边只有你
清除了其余人类

小到只剩下大海
海洋的一颗水滴
小到只剩下空气
空气中仅存我们的呼吸
小到只有你的爱
你爱中汹涌的原浆

小到只剩下两具肉体
肉体之间盛开荆棘
小到只剩下做爱的距离
精卵之间痉挛的痛击
小到只剩下你的长哭
和我短促的叹息

小到只剩下一首诗

诗中无比绝望的字
字中你妩媚的月经带
小到空虚寂然出走
我们苦难相依
白云无力

2014 年冷秋

给灵魂补上一刀

把酒气接上地气
地气中侧漏霸气
霸气掀起一团妖气
妖气弥漫雾气
追着空气给灵魂补上一刀
为了让灵魂好好将息

血肉模糊的晨曦
经络如此清晰
我们早已习惯了伤筋动骨
甚至敢于面对开膛破颅
万里山河多少草木无辜躺枪
风驰天涯漫天星辰泣血长哭

在坐骨神经的中流砥柱上
摇曳着如花似玉的前列腺
一枚脂肪肝在 B 超中宛如新月
而一粒胆结石展现出古老气韵
这样的寒冬有种残暴的自虐
只有受伤时内心才无比清澈

是时候了该给灵魂补上一刀

让灵魂倒在美如画的血泊中

精神世界中已出叛徒

令肉体一片血污

我们走过的大地

常有人肝脑涂地

2014年岁末

肉体已被清除体内

肉体已被清除体内
你在灵魂中流连
你八月的唇中
含着一瓣榴莲

你的身,旋转如风
你的气,闭塞如石
不远处,你的影子
与你的身子患难与共

肉体的莲花,长满苔藓
每个人都是把肉体献给别人
这样才能返回灵魂
就像生命的尽头呼吸还很温存

就像你在自尽的时候
你离死还有很远的距离
你是把生命当命活着
所以不朽

        2015 年 1 月

我用清晨警告夜晚

我用清晨警告夜晚
我用死亡警告鲜血
我用我
警告你

我用谎言警告真理
我用淫荡警告贞洁
我用你
警告他人

我用绝望警告希望
我用背叛警告忠诚
我用死
警告生

我用男人警告女人
我用女人警告男人
我用我
警告自己

2015 年 1 月

我一直想念卡尔加里

她来到卡尔加里之后,我去了渥太华
她顶着北美的风雪,来紫禁城寻找家
北京没有她的家,只有一朵冻僵的花
严寒让护城河结冰时,她冷漠地发芽

这样一个夜晚瞬间就陷入冰凉
这样一个夜晚只能以喝酒收场
然而她不喝酒,只喝我的目光
她把一个酒杯悄悄递到我身旁

上面刻有大仙酗酒时的锋芒!

2015 年 4 月

我内心的一些花

我内心的一些花
静静绽放
花开的时候
我在闭关
我把自己
闭成一道雄关

我内心的一些花
默默凋落
花落的时候
我在闭关
我把自己
闭成一道阳关

我的女人
跟别的男人做爱
我却在闭关
我把自己
闭成一道
险关

我的朋友

将我出卖
我却在闭关
我把自己
闭成一座
难以攻克的要塞

我内心的一些花
准时绽放
我带着一身花气
准时出行
香气缭绕中
抖落一地妖气

2015 年 7 月

带有攻击性的自我亵渎

带有攻击性的自我亵渎
带来内心冲突

带有非理性的理性判断
带来空前错乱

带着吻别后的破碎长哭
带来抵死孤独

带着浣纱后的清澈江山
带来一晌贪欢

带着尸骸上的行走自如
带来一路歌舞

带着诀别中的一声浩叹
带来月碎中天

带有魔法式的灵异字符
带来语法错误

带有狂热病的逻辑混乱
带来思维瘫痪

2015年8月

我蜷缩在世纪的角落

我蜷缩在世纪的角落
等你到来
我蜷缩在你身体一角
等你将我逐退

我做到了你不曾做到的我
我以落日的气势砸向你
把你砸进地平线
你上升为明月

我作为你情人老态龙钟
你作为我情人美丽新世界
我在幼发拉底河与底格里斯河之间
向你讲述美索不达米亚的冲积平原

我在世纪的角落
看到你的潮落
在你呼喊连天的季节
我像梅子在梅雨中闪躲

在你驻守光阴的时刻
我决定出走，奔向天涯

深处的没落，带着一种
被西风横扫的落魄

2015 年 8 月

我可以给万物一击

我可以给万物一击
风起时，万物摊开
静候我一击

这一击，苍茫到位
这一击，在花开时节
柳絮纷飞

纵使一击，没有击出
而成幻象
我与万物，结为尸骨

这一击顿成空悲
天涯，低到尘埃
我心，悲如死灰

若无这一击
我不会，把你带走
带进无边荆棘

对你一击灿烂

对万物,一击磅礴
你令我,死灰复燃

      2015年9月21日

烟雨十四行

你坐进雨中天涯深入你眼帘
你的眼帘在我眼中抹出轻烟
你立在雨中湿淋淋等我过来
岁月先于我空冷于你身前

你就是那含烟而走的女人
你含烟而走我披雨而迎
诗的诗度大于你的湿度
我大于你的爱情

你打入我心中我的心顿时素净
我迂回你身后你身后清虚背影
烟雨楼台我细数人间烟火
雨后空明你乳房月白风清

自从你溢出一滴眼泪
我冷得想把自己击碎

2015年9月寒雨夜

此刻是灵魂向酒精低语的时间

此刻是，灵魂向酒精低语的
时间，酒精已轻驰云间
此刻是我向你，挥去的语言
你向我，剥落的衣衫

此刻是，酒精向灵魂表达的
意愿，灵魂已高悬云端
此刻你以一声长叹
换我一时短暂

此刻是，灵魂与酒精共度的
云烟，而我们相互辉映
成光环。此刻是我接手
你的日子，你坐镇我的家园

此刻是，灵魂与酒精放任的
场面，可你却无从开启，
我也无法了断。此刻是
灵魂向酒精道一声晚安

2015 年 10 月

秋天：进入诗歌

我在秋天
想起我的女人
我的女人
身处秋天
我的诗歌
身处秋天的女人

身处秋天你是我女人
身处秋天
我不一定是你男人
我不是你男人
却是你诗人
与你共享灵魂

要在秋天进入诗歌
要以伤感投入黄昏
要用我，进入你
要用呼吸打开
你的嘴唇，要用嘴唇
叼住光阴

秋天，进入诗歌

用诗韵,加深
你的乳晕
用做爱,加深
你的底蕴
这个秋天,风卷残云

       2015 年 10 月

为什么会是诗歌

为什么会是诗歌
在这样一种场合
在这样的韵律中
完成了她的杰作

为什么会是诗歌
在这样一片夜色
在这样的月光中
树立起她的楷模

必须是诗歌
也只有诗歌
像月光的阴影
阴影中的情歌

也只有诗歌
必须是诗歌
在灵魂腾空时
将肉体击落

腰间的轻烟
股间的狼烟

诗歌将我化为炊烟
语言将你定为身段

2015年10月

我活的不是生命

我活的不是生命
而是一段篇幅
篇幅中的句子
句子里的词

我活得强于生命
不要跟我谈生死
生有无数次
死只有一次

我活得高于死亡
不要碰我的理想
不要动我的女人
不要击沉今晚的月亮

我活在肉中
活在鲜血中
活在女人的喘息中
活在灵魂的激流中

生来就活着
死去还活着

我活着活着就
没了

我没有了
你还有啊
我不在了
你还来吗

　　　　　　2015年天蝎季光棍日

姐姐,今夜我送你格兰杰

姐姐,今夜有雪
雪里有你的情结
孤苦伶仃的星月
孤悬在你的眉睫

姐姐,今夜我送你格兰杰
被你彻底洗劫
那一年寒蝉凄切
你废掉我所有妻妾

姐姐,今夜又来飞雪
迎你花开岁月
我把你扮作新娘
你将我弃之山野

姐姐,今夜我送你格兰杰
你在单一麦芽中的摇曳
你做你的摩羯
我当我的天蝎

2015 年 11 月

能见度

看不见前方
看不见一切事物
目之所及
只能看见
身边的谬误

看不清道路
看得出内心冲突
睁大双眼
只能注视
一片虚无

这一场大雾
这一阵恍惚
这一片黄土
这一滩白骨
划破雾霾的一声长哭
让人生断作几处

能见度再低
我也能看见你的孤独
你在用孤独

换我的痛苦

你在用孤独
与世界一决胜负
我在用痛苦
把你勒进
我的皮肤

       2015 年 12 月

有时爱情可以流浪

进入梦想,却走出幻想
沐浴阳光,却牺牲时光
有时爱情可以流浪
流浪,有时爱情没有方向

有时爱情尽显空荡
有时夕阳背叛朝阳
有时你呀,还爱着那个男人
可他已跟其他女人上床

见过太阳,再见过月亮
回到故乡,再奔走他乡
风吹过山河,你举目四望
一草一木都是你吻他的地方

有时爱情迎风飘扬
有时失恋如花怒放
有时你呀,被沉入汪洋
逆水而歌,你扶摇直上

2016 年元宵情人节

生为我父

父亲,你生为我父
才是我亲
若你不是我父
不认你为亲

认你为亲,必父
你是先辈
你是长辈
你是前辈

我是后辈
敬你一杯
夏夜风回,您多
保重,今夜星辉

父辈,如烛灰
幼辈,似苍翠,
人总有老去
爸,我们已够伤悲

2016 年 6 月

用尽了语言，只剩下词

天空用尽了云霞
大海用尽了波浪
你用尽了我
我用尽了绝望

岁月用尽了日月
流水用尽了落花
我用尽了你
你用尽了铅华

秋天的行云飘过山崖
风吹出另一种喑哑
记得你腰肢上的纹身
是一枚安第斯山的玛卡
那宫阙中淫乱的曲调
不过是啜泣中的一声琵琶

用尽了语言，只剩下词
用尽了节奏，只剩下停顿
在酒的脑海，只剩清醒
在你的世界，我无限泪奔

用尽了歌声,只剩下弦音
用尽了佛祖,只剩红尘
在空中,我坐享空明
经人群,我飘向鸟群

        2016 年 9 月

炎热的父亲

你回来的时候
我已老了
而你更老
我们四目相对
没有话说

我回来的时候
你在轻咳
把衰老的时光
咳成一口痰
痰里有年轻的日月

我们一起回来的时候
六月，热得像死亡
儿子与父亲的汗
在风中汇合
流向花园深处

2017年6月

一丝风没有

一丝风没有,你
停在我手上
有些云朵,像梦
有些花像季节
你像一片阴影
低低舞动
带我远走他乡

没有风,你站在
背风处,给我吹气
吹我汗里的盐
吹我肉里的血
吹不来一丝风
也要不停地吹
把我吹向亡灵

直到吹来了风
风又把你吹远
你继续带走我
把我带得很远
远得像你死后
美丽的骨灰

2017 年 7 月

抑郁了多久

风吹之后,你抑郁了多久
令我把杯中酒,抛进深秋
我是你的眼中钉
你是我的心头肉

一阵秋风刮过午后
带动你的忧愁
突然间万物对你叹息
亲爱的抑郁的妞

抑郁的亲爱的妞
秋风压不住你的衣袖
我也压不住你的身体
岁月压不住酒

忧郁的苍鹰,捕捉到你的乳头
神奇的物种,垂临于你的情窦
这世界,大梦开启
你悲痛中的自由

2017 年 9 月

必须写一首让你读懂的诗

必须写一首让你读懂的诗
指尖的流云,词语的天际
我坐进九月的秋风
细数虚无

我的诗,我的词,我的酒意
深入你心,渗透乳房的空气
我在八月就对你说过
九月,你要读懂我的诗

我在九月接住你的地气
烂漫的秋菊,染上你的泪滴
你是在我下体中上升的女人
你留下我的诗,我读懂你的身体

必须写一首让你错愕的诗
这是辉煌,这是年代,这是空中袭来的诗意
你说把沧海化成一粟
我说把文字切换成你

2017 年 9 月

整夜望着空酒瓶发呆

把酒喝空,然后迎风
阵阵酒意来自空中
一阵西风,把我摆弄
此刻天空,皓月当空

整夜望着,空酒瓶发蒙
望着苍穹,击来的夜风
望着历史,遗留的伤痛
望着你,隆起的胸

我整夜望着空酒瓶发呆
我整夜,望着悲哀
望着你憔悴在人间
天高风急,一片蒿莱

望着你望见一堆空酒瓶
望着你夜色中文艺的背影
这座城市,这堆情怀
这杯酒,你来定输赢

我在你的泪水中,找人生
在你乳房上,定乾坤

十月之秋,四月之春
离别的一吻,跌落红尘

2017年10月

我生于 1114

我生于 1114,秋冬交替
秋冬交替,我的内心开始飘移

入冬后的节气
有些低迷
精神表层的叹息
混合着雾气
加深了
心中的焦虑
远去的雁翼
寻着南方的雨滴
我在睡梦里
试图稳住自己

在这寒冷冬季
内心冰天雪地
我用一场烂醉如泥
将诗意和酒意
平息
打开窗子
月亮之泪是我

衰老年华飙升的
酒滴
向着神的领域
飞抵

我生于1114，云在天际
清冽的灵魂升起

      2018年11月14日

锐歌

1

生活在别处
我只有你
这么一个
别处

可你让我
既找不到
别处
又回不到
原处

茫然不知
身在何处

2

从此
我们分出了
彼此

风雨止息
眼眸关闭
心抵
天际

3

你在
我心里
我不在
我心里
也不在
你心里

我在
心之外

4

听
你苦难的
内心

你内心的
生命

还有

你命中
摇响的
风铃

5

扑向你
把你
贴死在
心中

贴进
我心中
那摊血

我要是
没有心
你就
穿透我

6

在你
舌尖上
有一团
空气

你把
我的梦
含起

吐出
时间的
激流

7

你
肋骨上的
时间

记下
我的
爱

还有
一条
贞操带

8

世界在你
内心
张望

风景
在肉体上
开花

你冷漠的
世界观

9

梦里回望
你生自
我语言
之乡

人生一侧
我展开
你梦的
裙褶

10

心之冷
冰强于火
你寒彻我

雾

薄于你
苍白之魂
无坠而落

11

掌中有风
时间
断开
你留下
影子

远方
大海
你的乳房
封锁
沙滩

12

困在
你心中
我是一头
被斩首的
怪兽

把你的心

喷成一座
血库

13

夜绽开
你的心
在夜的
最深处

你的心呵
将暗夜
耀眼地
推出

14

我手上
一片日子的光泽
留住你
季节的悲情处
你哭过的空气
散发清香

你泪水中的
一滴雨
在生命里飘

落入
时间之唇

15

从南方
你回来
坐在我
空虚中

片片飞叶
点点黄花
天空暗了
内心亮起

16

今夜北京大雾
看不清孤独

你那里怎样
有没有方向

今夜我守着
烈酒的山河

你南方的双眸

我梦中的清流

17

你的生命
砸向我
天空
压住你

我倒撞深渊
直袭地狱

18

灵魂漂移
天使遗弃
在你苍白的内心
我剥开一个世纪

水
漫过文字
溺毙神经

夜的骨盆中
我守住
你的耻骨

19

那颗星
在眼前被击落
真理的刀口
砍伤手背

你乳房的阴影
镇守着信仰
和我
打碎的呼吸

20

雨雪交错
撕开悲哀的眼睫
北方的大风
扫荡恋人
传递的唇舌

我想起你
单薄轻盈的你
腰间四溢的活力

21

天黑了

黑暗中
你来造访

我们呼吸着
凝固着
分裂着

突然
你像尸体
倒向我

22

在心脏的地方
我找到你
一种可怖的美
随之产生

你的美
因我的干预
而完美
同时也有了残缺

23

你的身体
被词语弹起

梦呓的力量
竟有如此弹性

忍不住
我要迫近你
沉入睡眠
精神一望无际

24

我保证在你
嘴里不射
绚丽的口腔
含着一支歌

灵魂的射程内
我缩进
你的空气
忍受你
丧心病狂的一击

25

让我解开你
眼帘的方程式

夜一步一步

靠近你的黑暗

我一厘一厘
撤离你的身体

26

咽喉中的雾
唇上的风
茎边铺开的丝
指纹中的云
还有一道阴影
始终弹奏生命

不要说灵魂
灵魂等于零

27

以我风中之吻
灭你丁香之舌
以我有生之年
决你心潮之堤

传统高悬云际
现代流落红尘
我归还你

不朽的贞洁

28

云朵的词语
水上的字迹
梦切开岛屿
一片未知海域

你忧伤的人文
皮肤的地理
血管里的海洋日志
我标出你
灵魂的纬度

29

努力，占有你
身体中
黑暗的话语
你的喘息
裂开夜幕

来，小镇的女人
打通文字的关节
在我们交会的末日
你的乳房

饱满而忧郁

30

心肠被击穿
血肉在绵延
白云的贞操
悬在天边

我猝然截住你
出轨的傲慢

31

我用精神抚摸你
精神，来自帝国的
单传。我抚摸你
破碎的幻象和艳香
腰间下沉的希望

在你忧伤脸庞的
季节里，我迎来
岁月疾转的风向

32

夜晚

你走出内心
与我的文字
会师

你也来
写一笔吧
用你那熟练的
冷僻的
明月般的句法

写出
爱的错别字
和反义词

33

雨后
清瘦的你
在哭

整个夏日
被你的哭泣
挫伤

远隔你的哭泣
我冲洗
冰冷的词语

34

岁月的攻击手
天涯的伏击圈
我迂回在
你心灵的两翼

在你起伏的胸前
我打开
精神的要塞
和上升的星座

35

你的睫毛
挑落星空
并将夏天
拦腰分断

把我逼向
背弃的死角
你冲向我
我闪出
一地的碎屑

36

夜又袭来
窗外闪电
击穿理念

飘出本质
返回三观
我等你
把我内在的秩序
打乱

37

坐在轴上
你抖动
南风的香脂
和群山的肌理

我的根子
在你不屈的腰下
洞穿岁月
却又高歌败北

38

很愿意

被你击中
否则我
无比空洞

我和你的灵魂
必有一战
这一战
堪成经典

39

今夜在你身边
乞求沦落风尘
好大的风尘
布满了残春

这红颜
坐北朝南
在你的绝唱中
我一阵痉挛

40

你的伤口
像一朵奇葩
我把你伤得
誉满天下

从你的伤口中
惊奇一滩鸥鹭

41

你已经很久
没说出忧愁
你已经很久
没让我失守

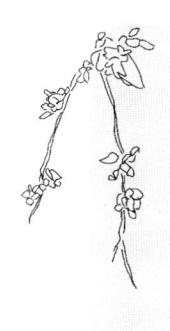

附 录

古体诗词四首

烛影摇红

　　秋雨萦寒,洗凉温月初霜冻,曾经芳履遍小园,人迹一绝空。共度易安颓境,晚不堪,黄花坠痛,郁结心中。最断人肠,西风三弄。

　　不忍临窗,且将愁络幽坪种,故人心眼可知情,应是酸秋共。玉槛长连何处,怎抛离,秦楼沈梦?酒家眉黛,舞场唇红,风流情种。

1982 年秋

东风第一枝

旧缘方绝,新欢已老,多情自古闲话。高楼且慢登临,没谱先别婚嫁。红尘已阻,唯天意,最是难察。正风扫一庭落叶,霜冷满天寒鸦。

夕阳下,才添白发。灯火里,又是人家。心底佳人似月,杯中小蜜如画,更相忆,当时结发。怎料得,一时走眼,万丈心胸低哑?

1998 年 1 月

瑶台聚八仙

　　花雨空烟，长亭怨，杯盏暂引幽欢。几叠韵事，都付冷酒清谈。灯火无缘留浪子，文章屡教纵红颜！遇青衫，舞低醉袖，歌罢流年。

　　谁添孤窗夜梦，愿一襟叶落，再聚樽前。唤取东风，萍水暗渡江山。坐怀不忘面壁，为伴我，一笛长倚栏。寒秋日，有香肌欺雪，风月激天。

2006 年 5 月

沁园秋

秋水空溟,万物萧疏,一曲送别。任少年得意,长烟入梦,老夫壮志,新月高洁,横剑天涯,吹笛花榭,慷慨情怀一霎歇。霜风起,正苍茫问雁,落拓求蝶。

气节,可以轻叠,望多少江山夕照斜?纵清高风月,平凡羁旅,飘离蓬草,疏傲人杰,月且团圆,星忽明灭,宦海功名从此绝。襟怀裂,且深酌不醒,大梦方觉。